W9-BWC-198

Llena eres de gracia

LETRAS
CUBANAS

Llena eres de gracia

Rogelio Riverón

Primera y segunda edición: 2003

Edición y corrección: Anet Rodríguez-Ojea
Dirección artística y diseño de cubierta: Alfredo Montoto Sánchez
Foto de cubierta: cortesía de María Cervantes Romo
Marcación Tipográfica: Belinda Delgado Díaz
Composición computarizada: Isabel Hernández Fernández

© Rogelio Riverón, 2011
© Sobre la presente edición:
   Editorial Letras Cubanas, 2011

ISBN 978-959-10-1641-6

Instituto Cubano del Libro
Editorial Letras Cubanas
Palacio del Segundo Cabo
O'Reilly 4, esquina a Tacón
La Habana, Cuba

E-mail: elc@icl.cult.cu

MATIZ
GRÁFICA GUANTÁNAMO
Impreso en la Empresa Gráfica "Juan Marinello"
en el mes de Julio de 2011
"Año 53 de la Revolución"
1000 ejemplares

Para Kathy di Portinari.
Evguenia Mijailovna Pavlova in memoriam.

Hablé una vez... no volveré a hacerlo;
dos veces... no añadiré nada.

Job, 40,5.

I

Le había dicho: serás mi virgen, y había besado su boca fresca; mi virgen, repetía ahora mientras la abrazaba por primera vez. Ella sonrió, apretándose contra él, lo obligó a besarla detenidamente, y él inventaba pausas para fijar en la memoria su primera desnudez y repetir *mi virgen*. Se regodeaba todavía en la frase cuando ella se fue dejando caer hasta cubrir el piso con el ardor de su cuerpo, y comenzó a rozarlo con los hombros, con los pechos pequeños, con los vellos del vientre y los muslos perfectos. Después buscó al animal y lo fue dejando entrar con una sabia ternura, y él se sorprendió de que el animal avanzara con aquella prisa, sin obstáculos, como adivinando que todo el camino era suyo, y jugaron un rato a moverse sin conversar, a descubrirse el punto más alto de sus ondulaciones y después, al final, a que se mataban barranco abajo, pero él estaba molesto. Había hecho el ridículo pensándola virgen y quería encontrarse solo, darse tiempo para rumiar su machismo y consolarse de alguna manera. Ella se le acercó sonriendo. Lo obligó a mirarla desnuda. Maliciosa, se colocó de espaldas y le pidió que la tocara en las nalgas. Él no deseaba tocarla, pero intuyó en aquel gesto una sinceridad desconocida. Ella se abrió las nalgas. *Muerde aquí*, le dijo y se inclinó hacia adelante.

Como no puedo llamarte virgen te fabricaré otro nombre, anunció él otro día, y ella creyó entenderlo. Supo que nunca accedería a llamarla como los demás, que deseaba inventársela completa, sin un cabello de antes, sin ninguna costumbre, toda para él, como correspondía. Ella se mostraba de acuerdo y además un poco burlona. Tendrá que ser un nombre que me singularice, sentenció, que me convierta en tu reina de Saba, una clave perfecta, que solo descifren tus ojos. Él iba sacando los nombres y se los probaba con esmero. Trataba de figurarse cómo se comportaría la muchacha con la responsabilidad de otro nombre, y siempre quedaba insatisfecho con la prueba. A punto de ser comido por la esterilidad, ella lo salvó. Me llamarás Mujer, le explicó, así de simple y bueno.

Tú eres de la farándula, le dijo molesto un sábado que tuvo que recorrer toda Cienfuegos, obligado por ella. Lo decía porque solo habían estado en sitios que tenían que ver con los artistas, falsos allí como en ninguna otra parte, según le comunicaba su instinto. Mujer trataba a aquellos artistas con un dejo familiar, intercambiaba con ellos besos ruidosos y preguntas sobre libros de moda, películas de largos títulos, o simplemente comentaban con paternalismo la situación del país. Tú eres de la farándula, repitió al descubrir el cuaderno de tapas azules relleno con frases de escritores y otras gentes que él —sería sincero— consideraba sospechosa. Ella entonces se detuvo a mirarlo.

—Observa como sonrío para ti —le dijo aquella vez—. Debes saber que tratándose de ti, me sale la sonrisa diferente, y por algo será.

Él no la creía. Ella se le encimó y lo invitó a leerle en los ojos. Después le tendió el cuaderno azul.

—Escríbeme algo, solo dos letras que me hagan feliz —le dijo y logró avergonzarlo, ya que él era incapaz de recordar una cita o una frase o un proverbio que valiera la pena.

Si todo fuera como escribir mierditas en agendas, quiso justificarse con su propia conciencia. Si todo fuera como vestirse de extranjero y esforzarse por encontrar palabras extrañas para decir lo mismo que diría yo, pero de modo que cueste entenderlo, siguió pensando, pero en realidad afirmó:

—Más pronto de lo que supones te escribiré, no una frase, sino un libro.

Mentía claramente, pero la impresionó con la seguridad al pronunciar el alarde y se dio cuenta de que ella estaba a punto para el amor. La vio sonreír coqueta, la vio encimársele con los brazos extendidos y se alegró. Ella había cerrado los ojos y entonces, demorando el desenlace, él cambió de lugar; luego se fue más lejos y ensayó una palmada, pero Mujer, jugando todavía a los ciegos le aseguró te intuyo, mi cuerpo es un sensor, yo respiro no para vivir, sino para olerte siempre, y lo cercó en un rincón del cuarto y buscó experta lo que precisaba para adueñarse de él completamente, de su voluntad, de sus sueños de hoy y de mañana, y de aquellos celos que ya sabía cómo doblegar. Con ella encima él era poderoso, un centurión gigante, pensaría después de las primeras lecturas de literatura latina, compendio de Millares Carlo;[1] soy un bárbaro, pensaba de momento, qué gran macho soy, y juzgó indispensable redoblar el ataque, pero ella le pidió detente, marchemos más despacio, más solemnemente, y cuando logró ceñirlo a su ritmo noble, de vals o de habanera, de bolero o de ranchera a lo Joaquín Sabina, comenzó a acompañar el movimiento con poemas de Neruda.

Él pareció desconcertarse, pero solo un instante, pues enseguida sonrió y ella pudo comprender que su método

[1]   Fue éste, si bien recuerdo, el primer libro que sustraje de una biblioteca. Por él accedí a Marcial, el andaluz, y a sus sonoros epigramas.

11

funcionaba y se sintió segura para proseguir. De Neruda pasó a Fayad Jamís. Pronunciaba los versos como una especie de confesión íntima, pero sobre todo sincera, ética y continuaron, él contra el suelo, ella montándolo, con el inusual trabajo de encadenar el sexo y la declamación, hasta que Mujer notó que el vals les quedaba ya estrecho y como por instinto, apenas de manera consciente, comenzaron a ondear con más urgencia, como en un son clásico y él le rogó sigue, busca otro poeta, porque había logrado por primera vez sentir el ritmo interior de un poema. Ella contestó qué más poeta que tú, que yo, que este dueto conspicuo, pero él insistía con los poetas y ella no tuvo más remedio que convocarlos a todos para escoger apresuradamente en la memoria. Con la prisa que le subía del vientre y la obligaba a desesperarse y sudar y morderse los labios, recitó: «Somos un experimento que Dios está haciendo y que tal vez no salga...», pero él casi vociferaba ya no, ese no, por favor, otro, aunque Mujer estaba rendida, a punto de perder la batalla y se desplomó en efecto contra su pecho, lo aplastó con el peso de la caída y el estremecimiento y le dijo: «No solo quien nos odia o nos envidia nos limita y oprime...» Mujer, dijo él, Mujer, creo que te amo.

Es Pessoa, le explicó de noche al aroma dudoso de un té antiguo y él no tuvo que concentrarse demasiado para entenderla. Pessoa, pronunció como para degustar el apellido, calibrarlo, y la miraba agradeciéndole y exageraba su encuentro con la Poesía comportándose cual si en realidad se hubiera estrenado como miembro pleno de alguna logia o de algún clan que enseña a ser más hombre, pero es capaz de castigar la traición con el infierno.

A los pocos días pretendió escribir los primeros versos, dedicados a ella, naturalmente. Para sorprenderla más, pensaba hacerlo en la pared del cuarto con pintura acrílica, de modo que su alegato perdurara sobre cualquier cantidad de tiempo. Tomó un pincel y escribió MUJER..., pero entonces supo que no tenía nada más que anotar sobre el enlucido frío, que acaso fuera una idea volátil, una insignificante impresión de lo que podía ser un verso lo que lo visitara ese día, mas no otra cosa. MUJER... escribió de nuevo en busca de alguna inspiración, pues había olvidado que lo intentaba sobre la pared y no en una hoja cualquiera y así quedó su primera inspiración, una palabra ya casi pueril multiplicada en el blanco del muro que ella al llegar leyó y le gustó a pesar de la chapucería.

—Trataba de escribirte un poema —quiso él excusarse—, pero solo me alcanzó para esta doble palabra que mañana borraré sin falta.

—Esa doble palabra es a su modo un poema —le aseguró entonces la muchacha—. Un poema es a veces como un arbusto, que tiene ramas afuera, pero adentro están las raíces, también esenciales, y hay que leerlas de otra manera.

II

Vamos, dijo Mujer una tarde, como eres nuevo en la ciudad y en la Poesía, te llevaré para que conozcas a los escritores de Cienfuegos. Salieron a la urbe alumbrada solo a medias porque el sol ya comenzaba a meterse bajo las sábanas del mar allá por el Castillo de Jagua y también porque en algunas zonas había apagón.

Caminaban rumbo a la parada y hablaban poco, pues él no sabía aún si de verdad deseaba encontrarse con los literatos. La guagua demoró en aparecer, pero como habían salido con tiempo llegaron poco después de las ocho a la Casa del Joven Creador. Era una construcción de una sola planta en un rincón modesto frente al mar que la adornaba con un olor a madera podrida. A un costado de la casa crecía una guitarra de hormigón erigida con un gusto muy débil y al fondo bramaba un bar en que una inscripción advertía:

Proletarios de todos los países, juntos, pero no revueltos.

Cuando entraban al local donde iba a ser la tertulia, él susurró:

—Allá en mi pueblo tengo un amigo que afirma que los poetas se reúnen solo para hablar contrarrevolución.

—A los poetas y a los judíos todavía se les insulta —le explicó Mujer—, pero casi siempre es por gusto.

14

Él sonrió.

—Aquí concurre todo lo que vale y brillará de la literatura cienfueguera —añadió la muchacha en tono sarcástico y comenzaron las presentaciones.

—Yo soy Niso —dijo un gordo, sonriendo amigablemente.

—Tanto gusto —respondió él y miró al próximo.

—Rocamadour —le escuchó decir y vio como Rocamadour miraba a Mujer y ella volvía la cara, agresiva.

Entonces tendió la mano a un rubito con cara de futuro buen médico, o de arquitecto, pero no de poeta. Quién sabe..., razonó después de oírle decir:

—Iliá, para servirte.

—Yo soy Aquiles —aseveró un mulato flaco, con ojos de convertirse en un gran narrador, a condición de dejar pronto la comarca.

Quedaba uno solo, negro, alto, que miraba con una sinceridad desgarradora y el cual hablaría tan bajo que él llegaría a sospechar que lo hacía en otro idioma, portugués o algo así.

Mujer se les adelantó.

—Este es Marcial, que escribe cuentos de desquiciados —lo presentó.

—Así es —dijo Marcial.

Mujer besó a Marcial y Marcial se quedó sonriendo. Él se preguntó si este Marcial no sería un impostor, un infiltrado en el grupo por cualquier motivo, pero más tarde, cuando lo escuchó leer un cuento en el que todos los locos eran optimistas hilarantes y el único que no era optimista ni orate resultó el asesino, sintió deseos de acercársele y entablar un diálogo con él.

—Me he dado cuenta —le confesó— que de los reunidos aquí eres el único al que no se le ocurrió cambiarse el nombre.

—En Cienfuegos muchos sienten un grave deseo de cambiarse el nombre —admitió Marcial—. Algunos lo atribuyen a este aire demasiado cálido, o a la forma de la ciudad, excesivamente rectangular, o al mar, ese mar novelesco que rige nuestros desplazamientos. Sin embargo, yo sé de qué se trata. Es una especie de contaminación que apareció entre la gente después de que echaran a perder los nombres de las calles de esta ciudad. Debes saber que nuestras avenidas contaban con nombres hermosos, ejemplarizantes, capaces de provocar esperanza, apetito, sonrisas y muchas cosas buenas. Aquí había una Calle de la Mar; otra se llamaba Santa Clara, otra San Fernando, de Clouet, Gloria, hasta que vino alguien y lo estropeó todo. Desde entonces las calles llevan estrictos nombres de cifras, se dice simplemente la avenida 26 o la calle 48, nada más, y algunas personas impelidas por ese crimen de lesa cultura comenzaron también a despreciar sus nombres y ahora si alguien, un pintor, por ejemplo, o una cabaretera, te son presentados como Juan o Susana debes suponer que se llaman Josué o Miosotis. Mi caso es diferente porque a mí los nombres me mueven a cautela. Es por eso que no me he despojado del mío, aunque Tania desearía que me llamara en realidad Vladimiro [2] —aclaró y miró a la joven a su lado.

—¿Como Lenin?— preguntó él.

—No, como Mayakovski.

Conversaron todavía entre vasos de un cubalibre herrumbriento y bromas para intelectuales, hasta que Mujer decidió que era tiempo de despedirse.

---

[2] Quizás ignores que *Vladimiro* puede traducirse como *el dueño del mundo, el que lo ostenta.* Tania lo sabía y adjudicárselo a su novio la hubiera contagiado de arrojo.

—Nosotros nos vamos —dijo y sonrió a modo de adiós.

—Nosotros ídem —agregó Tania, la novia de Marcial, y salieron los cuatro a dejarse tragar por las calles soñolientas.

Ahora el apagón se había corrido hacia otras zonas de la ciudad. Desde una altura prudencial hubiera sido posible distinguir los nítidos islotes de luz que salteaban el paisaje nocturno, como tragaluces gigantescos en el cuerpo de Cienfuegos. La parada estaba totalmente a oscuras. Vacía no estaba, pues la habitaban tres parejas y un hombre gordo, a juzgar por sus contornos difusos. Se apretaban todos contra la pared, en silencio y el gordo proyectaba un balanceo tenso, interminable. En la acera, fuera de la caseta maloliente, había una mujer joven.

—Apostémonos de este lado —sugirió Marcial y se situaron por la parte exterior, y Mujer se recostó a una columna.

Mirando a las altas estrellas Mujer suspiró. Presentía una ansiedad que, como en otras ocasiones, solo podía controlar con un poco de música. Iba a explicárselo a sus amigos cuando vio llegar a un hombre que escrutaba las sombras con insistencia. El tipo se detuvo. No pidió el último ni parecía esperar guagua alguna. Hacía girar la cabeza como olfateando, hasta que descubrió a la mujer sola. Con una patada en el suelo, dio a entender que se consideraba un tonto por no haber descubierto a la joven enseguida. Después avanzó hacia ella y la golpeó en la cara. La mujer aulló. ¡Maricón!, dijo después y se le encaró al tipo que volvía a encimársele. No se inmiscuya nadie, aclaró el tipo, es mi mujer y me traiciona: no se metan. Quiso golpearla nuevamente, pero ella fue más ágil y lo mordió en un brazo. El hombre maldijo y se sacudió como un animal furioso. La mujer sollozó. Auxilio, susurró después, y lloraba. Auxiliémosla,

17

dijo Marcial y caminó hacia el tipo. Pero este ya le había arrebatado el bolso a la mujer y se perdió en la tiniebla. ¡Bandolera!, gritó desde allí. No lo conozco, explicaba ella; no soy su esposa ni jamás lo he visto.

Apareció finalmente la guagua y subieron. Se instalaron al fondo y Mujer disfrutaba la húmeda oscuridad del vehículo, poblado por el chofer y unos pocos hombres mudos. ¿Qué te parecen los poetas?, dijo al rato. El muchacho se había concentrado en el mundo que pasaba por afuera, también en sombras. Respiraba con atención el perfume mutante de la ciudad que ahora le recordaba a una inmensa gruta. Por fin se decidió a decir:

—Noté que te ocurría algo con aquel de nombre francés, ¿qué ha sido?

—Ah, Rocamadour —recordó Mujer—, no es nada.

Él se vio obligado a insistir. No deseo que me engañes. Prefiero la verdad, cualquier tipo de verdad, pero entonces ya estaban al final del viaje, sin tiempo para otra cosa que despedirse de sus amigos y bajar de prisa.

—Adiós —dijo Marcial desde la ventanilla.

—Adiós— respondió Mujer.

Él caminó en silencio, despacio para que a ella le diera tiempo a acercarse, y cuando estuvo a su lado le tomó una mano que trató de meterse en un bolsillo junto con la suya. Mujer lo dejó hacer y al poco rato dijo:

—Rocamadour... — y sonrió.

III

Veo que eres terco como un mongol, dijo Mujer, que amaba los símiles difíciles. De esa manera ni dormirás tú, ni me lo permitirás a mí. Ve a la cocina y trae té. Regresa preparado para una historia rara.

—Está bien —asintió él y fue por un té de hacía dos noches, de color sospechoso, a pesar de haber estado en el refrigerador.

—Es que nunca hay corriente — protestó ella—; en este país todo se echa a perder.

Se sentaron en el suelo, igual que hacían siempre, usando una silla cualquiera como mesa para la tetera y las tazas. Mujer hiló su historia con una voz baja, la misma que empleaba en los momentos importantes, tanto de ternura como de peligro, y él se negó a interrumpirla porque ahora ella tenía la apariencia de una persona a salvo del tiempo, envuelta en aquel aire de sibila que la distanciaba. Estábamos aquel día uno al lado del otro, igual que tú y yo ahora, pero más juntos, y no sentados, sino bocarriba. Conversamos de muchas cosas, de los animales, del clima, de los sueños, de libros, de Dios, de la tristeza y de la dicha de viajar. He olvidado en qué momento Rocamadoar comenzó a hablar sobre el amor. Su discurso era extraño, contenía frases intrincadas y se interrumpía seguidamente. Parecía que temblaba. Su voz cambiaba de matiz a medida que avanzaba a tropezones por la conversación. Si me obligaras a explicarlo mediante colores, podría aseverar que oscilaba entre el pálido y el gris, a veces descendía hasta un azul oscuro, un lila o algo de marrón, pero eran siempre colores recónditos, nunca una palabra capaz de identificar como amarilla o verde, que son los colores de la franqueza. De repente dejó de filosofar y me preguntó: ¿Aún no te has atrevido a masturbarte? No, respondí, y me di cuenta de lo que hacía.

Se había hurgado entre las piernas y tenía el animal afuera, tenso, pues lo acariciaba sin dejar de preguntarme. Yo lo observé. Era un animal bravo, pujante, a pesar de que Rocamadour es muy flaco y vive de lo que le ofrecen sus amigos, pues no tiene familia. Volvió a preguntar si me había masturbado. ¿Todavía no lo has hecho?, insistió como si se tratara de un deber, de una barrera que ineludiblemente uno debe saltar. No, repetí, y deseaba explicarle lo que me parecía obvio, es decir que simplemente no se me había ocurrido pensar en eso, que ni lo rechazaba, ni de momento lo acogía, pero desistí, porque Rocamadour ya no me miraba. Había cerrado los ojos y estaba serio como un buda y desplegaba una serie de movimientos rígidos, hasta que brotó de su cuerpo ese rocío espeso, inconfundible.

Hubo silencio. Al rato Mujer suspiró como quien ve desvanecerse un peligro. Él entendió que ya no había más historia y le tomó una mano, solidario, pero continuó sin hablar. Buscó un nuevo aplazamiento en el té, tomó un buche largo para proporcionarse tiempo, una oportunidad, la pausa amigable que le permitiera orientarse y encontrar una frase adecuada que la consolara a ella y lo salvara a él del ridículo. Qué hacer, qué se puede decir en estos casos, pensó y solo conseguía impacientarse. A quién maldecir, a ese tipo, a Mujer, también a mí por torpe, seguía inquiriendo silenciosamente, pero no encontraba una respuesta, cualquier forma digna de abandonar el ruedo, hasta que ella le regaló la absolución.

—Lo peor de todo esto es que es verdad solo a medias —confesó la muchacha.

—¿Cómo? —preguntó él y ya hablaba distinto.

—Sí, porque lo he soñado todo. Rocamadour no sabe y no se explica por qué ya no lo trato. Y es que no puedo aunque quisiera. Me da vergüenza verlo, o quizás sea asco, o temor, o que me enferma. Él ha querido saber, ha venido a preguntarme cada vez que estamos cerca, pero yo lo rehuyo. Tengo cierta repugnancia, cierto miedo de Rocamadour, que no puede explicárselo.

Él entonces se rió. Lo hizo alto y forzadamente y vino hacia ella y la sostuvo por los hombros, la besó en la mejilla, en la frente, en el cuello, pero eran besos comedidos, dados con mucha deferencia, sin deseos de más. Después la llevó a la cama y trató de desvestirla para dormir. No lo hagas, por favor, le pidió ella, pues desnuda me sentiría indefensa, como expuesta a las miradas asesinas de todo un ejército. El muchacho creyó comprenderla. Se deslizó a su lado y una razón que no lograba descifrar enteramente le ordenó quedarse tranquilo y no molestarla. Mujer se había dejado maniatar por un sueño impreciso y, vuelta hacia él, recibía de la lámpara de mesa una luz insuficiente que la embellecía. Él quería ingresar a la penumbra recogida entre sus hombros y sus rodillas, pero algo le susurraba que no estaría bien. Todo lo que se concedió en ese momento fue imaginar que era su guardián, pero en verdad resultaba que no podía dormirse. Se conformó con observarla y buscaba leer lo que podía estarle pasando en los mundos del sueño. Para ello estudiaba su expresión y realmente la cara de Mujer le sugería un tipo de complicidad consigo misma de la que él estaba excluido por una simple lógica.

Dejó de observarla. Se levantó y fue a la sala a poner un poco de música. Le gustaba sobre todo el rock hecho por grupos que ya se consideraban clásicos, como Pink Floyd, Boston o Super Tramp. Siempre se había sentido un adicto al rock pausado de aquellos conjuntos que de vez en cuando se detenían con dignidad en alguna balada, y experimentaba al mismo tiempo una suerte de complejo ante sus amigos que se desvivían por el ritmo desbocado de las bandas *heavy*. De cualquier manera, la música anglosajona le permitió vivir grandes momentos en los años en que aún era estudiante, y también algunas angustias. En segundo año de preuniversitario, adquirió la costumbre de subirse a la azotea en las noches de la beca para seguir el *hit parade* norteamericano. No iba solo, por supuesto. Aquella era una moda gregaria. Mientras más lo prohibían los profesores, más se animaban los alumnos a esperar que el resto de la escuela cayera en el sueño para escapar hacia el techo del albergue y, apilados alrededor de un pequeño radio, aullar contenidamente al pie de las guitarras encendidas de los benditos peludos sajones.

Hasta que les tendieron una celada. Fue una noche tranquila, extraña por su frialdad en pleno mes de mayo. Ya habían discutido un poco, unos en contra y otros aliados de la Electric Light Orchestra. Al final prevaleció la opinión de que lo único salvable de ELO era la inusual *Rock over Beethoven*. Entonces alguien tradujo que a continuación venía Rod Stewart y todo el grupo se quedó absorto para oírlo clamar en una de sus letanías memorables. Tan concentrados estaban que solo vieron las linternas cuando ya los profesores los enfocaban a boca de jarro.

Uno a uno los bajaron por el pequeño hueco del techo y quedaron citados para una asamblea urgente al otro día.

El asunto era demostrar que la música en inglés resultaba perniciosa para las mentes cubanas. El asunto de los educadores, claro. El de los estudiantes consistía en probar que solo la escuchaban para divertirse y, de paso, ejercitar su inglés para el día de la prueba final. Una profesora, con inteligente altanería, declaró que la falta de sus discípulos se llamaba, ni más ni menos, *diversionismo ideológico*. Y que la penitencia para aquella falta debía ser la expulsión del centro. Los estudiantes hacían silencio. Si comprendían bien, se les trataba de obligar a admitir que el hecho de oír aquella música era un crimen de lesa patria, una afrenta a eso que los profesores llamaban «la cubanía». La profesora se enervaba enumerando los daños que para un joven cubano encerraba aquella música, el hecho de que en la escuela se celebrara, noche a noche, aquella ceremonia de sadismo cultural y/o ideológico. Uno de sus colegas trató de atenuar el comportamiento de los estudiantes. A él le parecía un gesto propio de la edad, una necesidad de arriesgarse, de lucirse, aunque fuera de madrugada. La profesora, que se llamaba Margarita como la acendrada heroína de Mijail Bulgakov, redobló la acusación e insinuó que podría incluir en ella a su colega. Éste hizo un ademán de cansancio y se recostó a la pared. Cuando les tocó defenderse, los estudiantes balbucearon nerviosas excusas; amilanados, insistían en que oír música en inglés era simplemente un juego, pero la profesora estiraba el gesto de los adolescentes hasta las fronteras de lo político. Finalmente consiguió que dos fueran sacados de la escuela. Los otros suspiraron de alivio mirando las caras aterradas de sus compañeros.

Metido en los recuerdos, no se dio cuenta de la entrada de Mujer. Al verla frente a sí se levantó extrañado, quiso saber por qué no dormía.

—No sé —dijo ella—, pero no te preocupes, que a menudo me pasa esto mismo, me da por despertarme dos y tres veces en la noche.

Después entró en el baño. Él, como otras veces, se quedó pendiente del ruido de Mujer al orinar. Eso lo reconfortaba. Salió ella, bostezó, se recostó a él, estirándose y él le dijo:

—¿Sabías que en el preuniversitario me expulsaron de la escuela?

—Bobo —respondió ella y lo besó—. ¿No me dijiste que querías trabajar? Pues hoy me han hablado de algo interesante. Creo que pudieras intentarlo.

IV

El Figura salió al portal con una cerveza en la mano. Sobre la camiseta blanca tenía posado un medallón de oro con una Virgen de la Caridad del Cobre, y los pantalones cortos eran presionados hacia abajo por su vientre de globo. Sobre el hombro se había mandado a componer un tatuaje de tres elementos: una serpiente, una mujer y una nota breve: *Dos amigas.*

El Figura era corpulento y olía a loción para después de afeitar. Usaba sandalias de cuero y se prendía con avaricia de la botella de cerveza.

Bajó del portal a la acera y dio algunos pasos, entretenido con las flores que su mujer hacía crecer frente a la casa. Llegó hasta la esquina y unos tipos al pasar lo saludaron.

—Vaya, Figura —gritaron.

El Figura les respondió con una sonrisa que los tipos no vieron.

Se quedó tranquilo recostado a un poste, dialogando con su cerveza, eructando bajito, hasta que vio a un joven acercarse. *Este tiene cara de comemierda,* pensó. *O de chivato.*

—Buenas — dijo el joven—, a usted mismo vengo a verlo.

El Figura no se apresuró a responder.

—Para un trabajo —agregó el muchacho.

—¿Sí? —dijo El Figura.

Él le explicó. El Figura continuó inmutable. Se permitía mirarlo con toda la sorna del mundo, pero sin palabras. Por fin se decidió a hacerle unas preguntas y comprobó que no había peligro. En realidad, era hora de buscarse un ayudante.

Lo invitó a pasar a la casa.

—Son pollos— aclaró sin demora—; el negocio es vender pollos. Yo los busco y tú los vendes.

—Anjá —dijo él—, ¿y cómo hacemos?

—El suministro es diario —precisó El Figura—, cada día debes vender cien cuartos de pollo, a setenta pesos la unidad. Empiezas mañana.

—O.k. — aceptó él—, ¿y cuánto gano?

—El veinte por ciento, teniendo en cuenta que te arriesgarás por esas calles de Dios.

—Menos de medio dólar.

—Es bastante. Yo gano sólo un poco más.

Aceptó. Trataba de imaginarse vendiendo los pollos y se dijo que no le iría mal, que tendría dinero y un poco de holgura. Le sonrió al Figura y este golpeó los brazos del sillón, en un gesto que refrendaba el negocio. Iba a decir algo, cuando oyeron pasos en el portal y enseguida una voz risueña, de mujer, que entraba a la casa.

—Por fin llego —suspiró la muchacha y se deshizo con una curiosa expresión del bolso y de la sombrilla.

Sonreía El Figura complacido con la aparición de la joven, y él, ignorado de momento, se dedicaba a observarlos en aquel protocolo de saludarse que supuso una operación de rutina. Pero El Figura ponía una atención extrema en la llegada de la muchacha. Después de besarla, se volvió hacia él y los presentó:

—Mi mujer. Mi socio.

Ella se limitó a mirarlo, pero no proyectaba desconfianza, sino la imagen de quien aguarda, como dándose tiempo para conocer. Él estiró una mano y ella aceptó el saludo. El Figura dijo: *Bien, ya nosotros íbamos a celebrar, así que tráenos unas cervezas.* La muchacha se fue sin protestar al fondo de la casa. Él la siguió con la vista y pensó cuan difícil de entender resultaba que un hombre como El Figura dispusiera de una mujer así, a la que debía llevarle más de quince años. En una mala novela policíaca, por ejemplo, se le hubiera descrito como blanca, pelo castaño por los hombros, 21 años, 1, 62 de estatura y 127 libras de peso. Un poeta, en cambio, nos daría razones sobre su piel lisa, su boca abultada, el musgo brevísimo de su vientre y los pezones que acaparaban todo el bulto de sus senos. Hubo una pausa en la que se escuchó el trino de un gorrión.

—Eucaris es mi vida —comentó después El Figura—, desde que la conocí soy un hombre distinto.

Él sonrió.

—Eucaris me adoptó [3] —agregó El Figura—, sin ella no sé dónde hubiera yo parado.

Entró la muchacha y les ofreció las cervezas.

—Eucaris es mi tesoro —exclamó El Figura y la atrajo en un cariño brusco que la hizo caer contra él. La besó mientras ella trataba de recobrar el equilibrio.

Bebiendo, precisaron algunos detalles del negocio. Por ejemplo, tienes que buscarte clientes fijos, aconsejó El

---

[3] La frase no me pertenece como supuesto autor de estos testimonios. Es lo que dijo Salvador Dalí sobre Elena Ivanovna Diakonova, rusa de Kazán, a quien el poeta Eugene Emile Paul Grindel rebautizó como Gala. Dalí, diez años más joven que ella, llegó a asegurar: *Fui su recién nacido, su hijo, su amante.* Es improbable que El Figura conociera esta historia. Se sabe que, en una conversación, confundió a Dalí con Gaudí. Si, como se afirma, las ideas pertenecen a la discursividad, de allí debe haber tomado, sin sospechar su falta de originalidad, la ingeniosa hipérbole.

Figura. Gente que pueda pagarse el lujo de tener un pollo a la mesa. Yo te daré algunas direcciones; tú consigues a los demás. De ese modo vamos al seguro y evitas tropiezos indebidos.

Él sonrió, afirmativo. El Figura liquidó su cerveza y miró con cara de reproche a la otra botella, aún por la mitad. Después le tendió un papel gastado por el manoseo.

—A estos lugares puedes ir con los ojos cerrados. Siempre te comprarán. Pero no son suficientes.

—Comprendo —dijo él y bebió el último trago, antes de despedirse.

—Gente con dinero —insistió El Figura, riendo—; no olvides que cuando un pobre se come una gallina, o está enfermo el pobre, o lo está la gallina.

Logró vender toda la mercancía que le suministró El Figura y llegó a casa con un poco de dinero. Mujer le sonrió como si hubiese cometido alguna travesura, pero terminó confesándole que no estaba demasiado feliz con que él trabajara de vendedor clandestino. No te preocupes, siempre habrá tiempo para arrepentirme, le contestó mientras la besaba, y ella guardó silencio y lo miró con sus ojos grises, en cuya profundidad se podía interpretar un gesto de cariño.

Avanzaba un hombre por el centro del parque, atardecía y la noche cercana se anunciaba fresca, dichosos los que pueden salir a disfrutar la noche. Detrás del hombre corría una mujer, el pelo ceñido por un pañuelo, saya en la que apenas se acomodaban sus grandes nalgas. El hombre, al escuchar los pasos a su espalda, se volvió intrigado y entonces la mujer se le echó encima, lo golpeó, surcó su cara varias veces con uñas aceradas.

> —¿Por qué me persigues, Pablo —gritaba la mujer—, por qué me persigues?
> El hombre tenía la cara entre las manos y se quejaba.
> —Estoy ciego —balbucía—, me has dejado ciego.
> —Te dije que me dejaras, Pablo, que no me persiguieras —repetía la mujer.

Hizo diariamente el trayecto hacia casa del Figura y después un recorrido tortuoso que lo extenuaba, pero le prestaba la recompensa del bolsillo entibiado por los billetes. La venta se le daba fácil, al menos al principio, y El Figura se felicitaba de tenerlo de mandadero y lo invitaba a una cerveza durante la cual siempre hablaba sobre Eucaris.

Una tarde le contó El Figura cómo la había conocido. Fue de repente, él conversaba con un amigo y ella se detuvo a saludar al otro. Pero dejó sus ojos en él y El Figura no supo que la había impresionado tanto hasta meses después, cuando Eucaris le confesó que esa noche no dejó a las manos de su marido posársele encima. Algo vio el gordo de todos modos en ella, que consiguió su teléfono y comenzó a asediarla. Eucaris no se resistió. Admitió que se sentía como si flotara, que todo lo que le pasaba era inédito y confuso. El Figura le preguntó por el beso que le había prometido. Ella no recordaba aquella promesa, pero le daba igual, le dijo mientras le acariciaba el tatuaje.

—Cuando quieras te pongo una casa —prometió El Figura, a despecho del tatuaje.

—Ahora mismo —respondió Eucaris—, si es que hablas en serio.

Y se la levanté al otro, suspiró El Figura, y esa misma noche le coloqué un beso sobre cada uno de los treinta y ocho lunares que tiene en la espalda. Pero cuando la invité a irse conmigo se quedó pensando y dijo que eso no, que ella no se iba para ningún lado. Él comprendió. *Irse*, así nomás, era emigrar, dar un salto definitivo hasta Miami. ¿Y por qué te vas?, preguntó. Por nada, sonrió El Figura, por nada y por todo, detrás de los viejos y de los dólares, de los buenos carros y del *scotch* a la roca, para probar el sabor de los sueños cumplidos.

—¿Y Eucaris?

—Aún confío en convencerla.

Después se quedó pensativo.

—Ten cuidado con los mudos —exclamó por fin.

Él le preguntó con la mirada.

—Son rivales del negocio —aclaró el otro—, vendedores de camarones a quienes hacemos la guerra con los pollos.

—Yo nunca los he visto —dijo él.

—Resulta que les estamos levantando los clientes y eso los tiene jodidos —terminó de decir El Figura.

V

Cuéntame algo de tu niñez que no hayas podido olvidar, le pidió Mujer un día de lluvia y frío, tan raros y por eso tan bien acogidos en Cienfuegos, más que en cualquier otro lugar. Algo que tengas que llevar por donde quiera que andes, aunque te cause molestia. Eres trágica, aparentas ser muy lúcida, mas eres demasiado trágica para ello, bromeó él, pero después le dijo:

—No hay nada tan impresionante en mi niñez, no hay nada tremendo, pues de los recuerdos que se van sedimentando en la memoria yo suelo priorizar los agradables, esos que uno colorea con el deseo de repetirlos y que, por lo mismo, los transforma en añoranzas que se repasan como postales. La más pintoresca de esas imágenes pertenece a mi jeep rojo, un Toyota fabuloso que me trajo mi madre una mañana y yo, como nunca había tenido algo tan impresionante, descargué sobre sus brillos los enredados sueños de los niños pobres. El juguete se fue haciendo mi amigo, me parecía que podía contar con su generosidad para realizar las más sabrosas fantasías y estaba convencido de que mi Toyota crecería conmigo, en unos años nos haríamos adultos de una rotunda vez y ya entonces podría manejarlo de verdad, irme con él a probar el mundo, las curvas de todas sus promesas. Más tarde, cuando me di cuenta de que estaba creciendo solo, me enojé un poco, me sentía traicionado por el jeep que se mantenía igual, con una estatura que ahora me satisfacía menos, yo estirándome y él indiferente, y como había perdido el fulgor de cuando lo estrené y comenzaba a mancharse de herrumbre, a rodar con algún trabajo, lo fui olvidando poco a poco.

—Me gusta esa historia —le dijo Mujer—, y sin embargo insisto en conocer los traumas que atesoras.

—Te aseguro que no hay traumas, algo que, bien pensado, puede llegar a pesarme.

—Eso es que no deseas esforzarte en recordar —reclamó Mujer y caminó hacia la ventana, la abrió para comprobar que la lluvia se mantenía en clave de suspensión, y se vio tentada a sacar una mano para cerciorarse de que seguía cayendo, como en un cuadro de oscuros tonos impresionistas.

—Pues te relataré cualquier percance, cualquier hecho de los que se recuerdan sin remordimientos — escuchó entonces que le decía—, el día que me caí de la montaña rusa.

—Nadie se cae de la montaña rusa —aseveró Mujer.

Eso era lo que decía mi padre, replicó él, por eso nunca quiso creerme. Cuando llegué del hospital manchado por las curas y cojeando, se asustó, pero al escuchar mi historia, la única versión que yo traía para él y los demás, se enfadó y me dio la espalda y no quiso cruzarse conmigo mientras no estuve sano. Sin embargo, había que haberme visto a mí allá arriba, tan incómodo cuando los otros reían, tan confundido desde que subimos, tan pequeño y ajeno a aquella extraña diversión, hasta que perdí toda noción de tiempo y no supe si en realidad me encontraba en la montaña rusa o en otra parte cualquiera, pues lo único indiscutible era que volaba en un espacio enorme, desierto, hostil, que me golpeaba con sus látigos de aire helado, con una falta de apoyo descomunal que me hizo flotar y flotar y después caer ruidosamente contra los arbustos que cercaban el aparato, en una de las curvas bajas. Es la primera vez que se cae alguien de ahí, aseguró el viejo que controlaba los boletos cuando me sacaban de prisa entre dos hombres. Desde entonces sentí terror ante el recuerdo del aparato traicionero, un terror que, al parecer, se reflejó en todo lo que llevara cerca aquel adjetivo tajante: *ruso*, a pesar de que la montaña rusa se llama así solo en este idioma nuestro, pues en inglés se le dice *roller coaster*, mientras los propios rusos la llaman, ¿serías capaz de adivinarlo?, pues nada menos que *la montaña americana*. Pero la verdadera tragedia llegó después, cuando me hice mayor y mi padre me dijo que lo haría muy feliz si me decidía a estudiar allá. *Allá* fue como dijo, sin mencionar nombres ni otros datos cualesquiera, pero para mí era suficiente: me quería en Moscú. Será como verme yo mismo andando por la amplísima avenida Kalinin hacia el blanco edificio del parlamento, con su reloj y la bandera inconfundible color sangre, declaró papá y su tono era el de quien declama. El mismo que bombardearán dentro de diez años los tanques propios, hubiera proferido Nostradamus de haber estado al acecho del diálogo, pero no había adivinadores, solo mi padre, yo y su perro, más aquel miedo puntual desarrollado en mí tras lo de la montaña rusa. Era un temor inexplicable, pero muy presente, acaso vago, y sin embargo inextinguible, a tal punto que el prejuicio resultó más potente que mis deseos de viajar, de comer carne al menos una vez a la semana y más fuerte también que las moscovitas de ojos clarísimos y muslos interminables, sabiamente sumisas, que me prometía mi papá. Él me contaba ahora sobre Arbat, [4] la calle embrujada donde vivió el poeta

---

[4] Anatoli Ribakov ha escrito una novela con el título de *Los hijos de Arbat,* donde, al deshacer un mito, edifica otro. Suelo recomendarla a mis amigos.

Pushkin, farandulera y trágica, con sus pequeños comercios y su porte eslavo, su bendita nieve y su olor a tabaco rubio. Y sobre Petrovka, sensual como cuerda de violín, con sus bollos de arroz y el recuerdo inmutable del poeta Esenin (aún me llama la atención el hecho de que mi padre, quien nunca leyó un libro de poesía, se empeñara en ilustrar sus aseveraciones apoyado, sobre todo, en los poetas). Y sobre una torre de quinientos metros que, en Ostankino, acogía un restaurante al que llamaban *El séptimo cielo*, con cerveza búlgara, borsch, bistec de venado y deliciosos jugos de albaricoque, a donde gustaba de ir el poeta Evtushenko. Lo increíble era que mi padre jamás había ido a Moscú, ni a ningún lugar fuera de Cuba. Todo lo que trataba de revivir para mi deslumbramiento era postizo, diminutas imágenes de revistas, comentarios de las clases de idioma ruso que había seguido por radio, en tiempos de la visita de Brezhnev y poco después, cuando en Cuba un ruso era oficialmente *un soviético*, así fuera oriundo del famoso Anillo de Oro, donde se cocina en sí misma la gran idiosincrasia de la *Rus*. ¿Verdad que te vas a ir a estudiar a la «Lomonosov»?, me dijo, buscando el apoyo de Ermitage, que se limitó a mover la cola y soltar un ladrido sin mucho énfasis. Pero yo seguía en mis trece. No, le dije a todo; no quisiera que insistas, papá, y él me observaba ya con unos ojos tan grandes, tan húmedos, tan de incomprendido, que no tuve que añadir ninguna otra cosa, pero aquel día quedamos en que no podíamos seguir queriéndonos igual. Mi padre, decidido a ser inflexible, estrechó sus relaciones con el perro, me hacía ver que solo le importaba su animal y cuando llegaba a la casa por las tardes lo primero que hacía era preguntarle a mi madre: *¿Cómo está la cosa por aquí; cómo pasó el día Ermitage?*

Entonces llamaron a la puerta y Mujer fue a abrir. Regresó enseguida, pero no venía sola: la perseguía una risa penetrante, exagerada, y tras la risa venía un olor a perfume francés y tras el perfume Crosandra, trigueña, casi una mulata, y unos ojos nocturnos y el cabello suelto, convertido en un nido para las pequeñísimas gotas de agua que se lo salpicaban de nácares, y la saya larga como vestido de novia. Cuánto gusto, dijo y lo besó a él sin mirarlo, de paso hacia la cocina, donde proseguiría la conversación con Mujer.

Crosandra no había aprendido a conversar en voz baja. Lo que decía estaba dirigido a todos y en su discurso contra los meteorólogos y el clima de la isla empleó vocablos muy hostiles al español. Decía *beach* por playa, *puzzle* por enredo y cuando necesitaba ponerse misteriosa llamaba a la ciudad *One Hundred Fires*. Pero ostentaba una boca elegante que sabía usar para provocar nerviosismo entre quienes la miraran, y también su olor, no tan suficiente como el de Mujer, pero que obraba en un plano de matices similar. Tenía muchos amigos españoles y eventualmente del Canadá, pero salía con ellos solo una o dos veces a la semana; el resto de los días los empleaba en sus clases de ballet. Ahora había pasado a saludar, únicamente a eso y a aliviar un poco las tensiones de la jornada, toda esta llovizna y tanta gestión por delante, aseguró mientras esperaba el té, a punto ya de ser servido.

Él permaneció en la sala, sentado en el piso con la espalda apoyada en la pared, leyendo. Hasta allí se desplazaba la risa de las dos muchachas, pero la de la visitante sobresalía. *Crosandra*, pronunció y al hacerlo trataba de pasar despacio por encima de cada sílaba, así: Ccrroo-ssaann-ddrra, para mejor entender el nombre, su significado fonético aparte del otro, el semántico, que era una flor. El libro que tenía en las manos era un antiguo ejemplar de *El gran Meaulnes*, que Mujer le pudo suministrar después de conseguirlo con un amigo. Y como ahora no podía leer, pues lo desconcertaba la conversación de la cocina y el nerviosismo que había penetrado en la casa tras la recién llegada, se le ocurrió el siguiente juego: sustituyó alegre, intrigado por el posible resultado de su manipulación, el nombre de Valentine Blondeau y el rostro que había construido para ella su imaginación y que por fin después de tantas páginas le era familiar por el nombre y el rostro de Crosandra. Esto dio un nuevo sentido a su lectura y lo impulsó a avanzar velozmente por los episodios y las páginas, y cuando se cansó de leer colocó el libro a su orilla, cerró los ojos y siguió inventando peripecias, nuevos momentos para su personaje, situaciones cada vez más comprometedoras que le pusieran a prueba la credibilidad, pero Crosandra supo vencerlas todas con un desenvolvimiento tan ágil, con tanta práctica que terminó derrotándolo: se sintió cansado del libro, del juego y de aquella posición en que se mantenía ya por más de media hora. Entonces abrió los ojos. No más fábula, se dijo, no más encierro, porque estaba hastiado, falto de ejercicios para el cuerpo embotado por tanto tiempo sin ver el día. Se marchó a la calle. Dejó la casa sin avisar a nadie, sin tomar en cuenta a la lluvia y se puso a dar vueltas por los alrededores. En un kiosco mal resguardado compró un *5 de septiembre*, el periódico cienfueguero que sale una vez a la semana con unas fotos opacas, pero que la gente persigue para ver la lista de los alimentos que se venderán durante el mes, y además, porque de todas formas es el periódico de la provincia. Leyendo se encontraba los resultados del fútbol —en esta ciudad la fiebre no es el béisbol, sino el balompié— cuando lo rozó de nuevo la risa de Crosandra y, al levantar la vista, comprobó que la tenía frente a sí, reinando altiva, autosuficiente, con mucho brillo manándole de los ojos y también de la pintura violeta de los labios.

—Supongo que vine a perturbarlos a ustedes —le dijo la muchacha y ladeaba la cabeza, como para captar plenamente lo que le respondiera.

—No tiene importancia —aseguró él—, a veces es bueno que aparezca alguien a distraerlo a uno. Alguna persona ajena, quiero decir —añadió y después dijo otra cosa y ella le respondía activamente y él se iba percatando de que Crosandra era dueña de una intensidad poco común, raramente notable, pero fuerte, desequilibrante, como olas repentinas frente a la cara.

Se despidió ella después y avanzó graciosamente, buscando la cobija salteada de los techos hasta perderse en la esquina. Esta muchacha se mueve como si la ciudad entera le debiera algún favor, pensó él y se apuró en regresar. Se dijo que lo bueno de los días de lluvia está en saberse dueños del tiempo, todo el tiempo para permanecer ocultos y prolongar la pereza hasta una apatía que a lo sumo acepta condescender a la lectura, alguna música apaciguada, el sueño, los recuerdos o el amor. ¿A dónde has ido?, le preguntó Mujer al verlo entrar y él la observó para notar que estaba abrigada, y deseó de pronto acercarse a palpar su calor, a tomar de su cuello y de su cara un poco para sí, y después quiso además besarla, experimentar algún roce con su cuerpo que supuso especialmente mullido, sentársela encima y comenzar a desvestirla con gestos de ceremonia, como gustaba de hacer, pero entonces notó que ella se había rodeado de revistas, de recortes de prensa y de fotos, sobre todo de fotos y la reconoció distante de cualquier inspiración carnal, tan sumergida en el repaso de aquellos papeles que no tuvo otra salida que asentir al escuchar que le decía:

—Ven, quiero que me conozcas de niña.

—Tendré sin dudas ese gusto —le respondió y se fijó en la foto que Mujer le tendía, un pequeño rectángulo de cartulina grisácea donde lo único visible ya eran los rasgos de una niña en eterna actitud de preguntar, medio desnuda, con un pelo muy escaso, unas piernecitas flacas demasiado abiertas y dos manchas oscuras, muy oscuras allí donde tiempo después le crecerían los senos.

—Ahí tenía seis años —le susurró ella— y todavía era muy fea—. Fíjate que aún no me había crecido el pelo, aunque lo peor no era eso, sino lo otro, de lo que ya te has dado cuenta. Desde que recuerdo, incluso antes de que pudiera recordar nada, adiviné que poseía unos pezones extraños para mi edad. No se trataba del tamaño, sino del color, esa oscura intensidad que obligaba a todos a mirarme enseguida buscándome en el pecho algún vestigio extraño, una culpa de dimensión todavía ajena, pero que debía tener. Incluso a mi madre le desagradaba verme los pezones, por lo que siempre me estaba regañando. Niña, me decía, camina a ponerte una blusa, y estaba enseñándome sin saberlo a avergonzarme de mí misma. Trabajo me dio al hacerme adulta entender que mis pechos, algo más gordos, pero siempre oscuros, casi negros sobre los botones, podían provocar placer y a veces hasta agresión, una especie de sed fiera, y me desconcertaba cuando algún novio pretendía acariciarme por aquí arriba.

Él le miró a los ojos y lo hacía seriamente, como a punto de pronunciar una sentencia o gritar alguna orden vital, pero la explosión no llegó a producirse porque la energía acumulada entre ambos comenzó a transformarse en un silbido bajo, muy melódico, de gran parsimonia y difícil de acallar. Él silbaba y mientras tanto Mujer comenzaba a abrirse la blusa despacio, con un nerviosismo cálido que sacó a flor del mundo sus dos senos impúdicos y él dejó de silbar solo en el momento en que su boca se fue contra ellos. Más tarde, en las incontables ocasiones que tuvo de evocar aquella escena especialmente intranquilizadora, no sería capaz de recordar si la amó del todo ese día o solo a medias, ni podía asegurar que la muchacha estuviera satisfecha, pues lo único importante de aquel momento eran sus pechos, hablarles, sobornarlos suave o brusca- mente. Si algo más ocurrió fue obra de Mujer, pues él pen- saba solamente en sus pezones de real oscuridad, de los que no se hubiera desprendido en el resto del día o del año. De ese modo se recordaría, aferrado a ellos sin po- der ni desear apartarse, y enfrente la frase tosca que había inventado para ella, aquel *Mujer, Mujer* un poco ridículo.

VI

El mudo es uno solo, explicó El Figura, pero les dicen así para joder. Y le contó la historia de los mudos, unos cuarentones con la piel cuarteada por el sol —medio rubio uno, el otro camino de mulato— que rondaban la zona de Punta Gorda a la caza de clientes para sus camarones de primera. Nadie sabía dónde vivían, solo que uno era la sombra del otro y acopiaban un dinero tan culpable como el de los polleros. El mudo cargaba con la mercancía en una mochila olorosa a mariscos añejos, mientras el de rostro oscuro se ocupaba de realizar las ventas con una elegancia descompuesta, casi hostil. Sustraían los camarones del puerto, mediante artificios repetitivos y eficaces. El Figura los había conocido en la cárcel, antes de su encuentro con Eucaris, y al principio se trataron con alguna confianza e hilaban juntos la trama de próximos negocios, cuando salieran.

Algún indicio había convencido a los demás presos de que los mudos eran hermanos. Dormían uno al lado del otro, en el mismo barracón que El Figura y trataban de mantenerse aparte, pero nadie los molestaba. Cuando el aindiado hablaba con El Figura el otro asentía muy serio y cada cierto tiempo se metía un dedo en la nariz y se hurgaba despacio, mecánicamente.

Una noche El Figura se levantó para ir al baño. Era diciembre y hacía frío. Llegó a las letrinas todavía a medio despertar, pero unos susurros lo ayudaron a despabilarse. Prestó atención y descubrió a los mudos frente a una ventana enrejada por la que goteaba la luna. Estaban inmóviles, mirando para afuera y El Figura notó que ninguno llevaba camisa, a pesar del frío. Aguardó unos minutos sin explicarse la razón hasta que los vio darse la vuelta. Entonces el indio se arrodilló frente al mudo y esperó. El mudo se abrió el pantalón y el otro comenzó a olisquearlo, tomó después la pica del mudo y se regaló unos golpecitos en las mejillas, pero enseguida retrocedió y dijo: *Méate.* Pasó un segundo. El indio se impacientó y reiteró la orden. El mudo se dejó ir en un chorro contra la cara del indio que lo recibía con un alborozo teñido por la luna. Cesó el chorro y el postrado se incorporó, escurriéndose la cara con ambas manos, mientras el mudo se hincaba frente a su portañuela. Al final del rito se quedaron abrazados un rato, tranquilizados ya, y al Figura le pareció que dialogaban: eran voces cruzadas las que en la soledad de la madrugada murmuraron aquella vez, pensaría más tarde, pero era una impresión bastarda, mediatizada por la dosis de irrealidad que daba la luna a los mudos. De cualquier manera, decidió separarse de ellos. *No quería que los demás presos pensaran que en el juego entrábamos los tres, que también yo me frotaba la cara con orine de macho,* le dijo a su joven colega y éste se limitó a sonreír: no encontraba palabras para comentar el relato del Figura.

—Lo mío siempre fue la proteína —explicó El Figura con gesto contaminado por una gula apacible y dando al diálogo una continuidad forzada, como si lo que acababa de contarle no tuviera otra importancia que la de precisar un dato—. Empecé matando caballos y metiéndolos en la ciudad durante incontables madrugadas. Algunas veces todavía me visitan los ojos de algún potro, chorreando una

41

tristeza animal, acusadora, mientras yo revuelvo el acero en su pecho. Me hice experto. Llegué, por puro placer, a medir el tiempo que me tomaba matar una bestia y descuartizarla, enterrar las patas, las tripas y todo lo inservible, y dejar listo el equipaje de carne que convertiría en dinero. Nadie me superaba en eso.

Se detuvo. Pensó. Volvió a contar después:

—Recuerdo una ocasión en que estuvimos velando a un caballito negro durante una semana. Era una bestia joven, sin mucho cuerpo, de patas cortas, que íbamos a matar solo por falta de otra mejor. Lo tenía un viejo de las afueras que lo ataba cerca de la casa, al oscurecer. Hasta que logramos acercarnos sin que lo notaran los perros y desatamos al caballo para llevarlo a la ejecución. Marchaba detrás de nosotros, resoplando a intervalos con una despreocupación lastimosa y el que lo llevaba de la soga decía a cada rato: «Ay, caballito, hoy vas derecho al paraíso». Llegamos a una mancha de arbustos y nos detuvimos. Hice brillar el facón mientras mi socio me auxiliaba con el condenado. Sentí la sangre chorrearme por la mano cuando el cabo del facón hacía por meterse en el pecho de la bestia, y desvié mis ojos de los suyos. Esperamos. Como el caballo no se derrumbaba, lo apuñalée de nuevo. Contuvo un relincho y movió la cabeza, pero no se caía. Por tercera vez lo herí, con saña e impaciente y mi socio murmuró: «Vamos a desguasarlo así mismo. Que se muera él solo cuando le dé la gana». Pero yo me opuse. Le dije que no, me concentré, repasé lo que ya sabía de memoria, es decir, los pasos para sacrificarlo. Sin dudas, le había dado en el corazón y el caballo no se desplomaba. Traté de calmarme. Volví a clavarle el cuchillo y esperé. Ahora parecía un reto. Continuaba allí bajo la noche, silencioso y terco, sin escorarse siquiera. La sangre le corría por el pecho, comenzaba a juntarse entre sus patas y mis botas y me asusté. Alguna premonición relampagueó en mi cabeza y sentí la necesidad de que se muriera y salir rápido de él, y olvidarme de su empecinamiento. «Cáete», dije y cogí el pedazo de soga que tenía al cuello, «cáete», y halé fuerte, hasta que lo fui doblegando, hablándole en un susurro, convenciéndolo de que debía echarse, a ver si se moría. Se desplomó por fin. No quise ver como mi socio lo descuartizaba.

Suspiró. «Todavía me erizo», dijo y enseñó los vellos tiesos de su brazo gordo. Continuó:

—Hasta que me cambié para las vacas, que se matan igual, pero se venden más caro. Con ellas me humanicé. Me daban tanta lástima, que les pedía perdón antes de sacrificarlas. Pero qué podía hacer yo, si desde que el mundo es mundo las vacas son para comer, salvo en La India y ahora en Cuba. La verdad es que yo tengo más ganado en mi récord que el torero más famoso de toda España.

Sonrió. Miró a un lugar indefinido (su mirada más bien era metafórica) y agregó:

—No quiero acordarme del día en que me agarraron. Éramos dos, pero el otro pudo escaparse y yo no lo delaté. Los policías me arrearon con la carne a cuestas por unos trillos con mucha luna y mucho fango, y a cada rato se permitían un pequeño insulto, una burla punzante. La tibieza del saco sobre mi espalda me había inclinado a cambiar el miedo por una melancolía indiferente, engañosa. En una ocasión resbalé y me fui al piso. El saco de carne se desplomó sobre el camino mojado, dio medio giro en sordina y se quedó inconmovible, como un hombre muerto. Los policías me encerraron en unas miradas contenidas, despaciosas, y a pesar de que la oscuridad no me dejaba

ver sus ojos, comprendí que se habían enojado. Se inclinaron sobre mí. *Levántate, cabrón*, dijo uno, *que si la
carne se enfanga, tú vas a saber.* Hacia el final del trayecto me sentí muy débil y les pedí ayuda. Dudaron. Después
dijeron: *No, carga tú solo con tus propias culpas.* Llegá-
bamos a la estación cuando el sol por fin me autorizó a mirar
las caras nubladas de los dos hombres uniformados. A uno
le faltaban los dientes y se me ocurrió que, en cualquier otra
circunstancia, podía ser una buena persona. Se veía que
pasaba hambre.

Íbamos a entrar cuando se nos acercó una mujer cubierta de harapos. *Policías, policías*, dijo y me pareció
que me incluía a mí en su llamada, que no me identificaba
con un arrestado, *hay un hombre que me quiere matar,
mátenlo ustedes a él. Y dale con la loca*, se rio el des-
dentado, *todos los días viene con un problema distinto.
Me quiere matar,* repitió la loca e hizo sonar unos pulsos
mugrientos que le abrazaban la muñeca. Los policías no le
contestaron y ella, aburrida de esperar, siguió sola por la
acera, acompañándose de la música de sus pulsos de
metal. Penetramos a una oficina a dejar el bulto de carne,
antes de que me tomaran las declaraciones. En los primeros días de prisión no pude despojarme de la imagen del
policía sin dientes, masticando la carne con mucho trabajo
y con mucha alegría.

—Hasta hoy no sabía que habías estado preso —dijo
él—. No te imagino en la cárcel.

—Estuve preso —asintió El Figura— y te aseguro que
mi imagen en un presidio es igual a otra cualquiera. Eso
sí, no tuve, como Martí, un padre que lavara mis llagas
con los ojos repletos de llanto.

Cuando vieron entrar a Eucaris, él se dijo que era el fin
de las cosas tristes y solemnes. Se quedó mirándola y reco-

noció que era hermosa con su espalda de gimnasta y su boca grande, sus nalgas sin mucho alboroto, pero firmes y anchas y su ombligo sensual. Llevaba Eucaris una saya por la que emergía la parte superior del blúmer, y aquella línea blanca le hizo a él pensar en buenos augurios. La muchacha besó al Figura y se quedó jugando unos segundos con su oreja. Después le pasó la mano por el pelo, le olió la cabeza, y se le sentó en las piernas. ¿Qué te parece mi niña?, preguntó El Figura con orgullo y él se hizo el desentendido. ¿No es linda?, insistió el gordo, pero él aprovechó para llevar la conversación lejos del tema de Eucaris.

—Dice la rusa que si nos puede seguir pagando los pollos en especies —murmuró.

El Figura levantó a su mujer y se puso serio.

—Dile a la rusa que, o suelta el dinero, o no come pollo —profirió.

—Está bien —admitió él—; ahora mismo voy para allá. Dame acá la mercancía.

El calor se había instaurado en la ciudad desde el amanecer. En la guagua la gente sudaba callada, apilada a conciencia, con resignación. La guagua se movía con trabajo, cuesta arriba, el motor gruñía, amenazaba con atorarse y quedar apagado para siempre. Un hombre, anclado en el pasillo, echaba por la ventanilla más cercana tristes miradas intemporales. De repente se enderezó, movilizado por la presencia de un policía en la acera.

—Tú eres un maricón —le gritó—, un maricón y bien.

El policía se volvió hacia la guagua, asombrado, tratando de comprender.

—Maricón —insistió el hombre—, y si quieres dispara.

El policía continuaba en silencio, sin entender.

—Dispara, anda, dispara —insistía el hombre—, re maricón, dispara.

—¿Qué sucede?— preguntó el policía, andando a la par de la guagua— ¿Qué le pasa?

—Dispara, chico, ¡dispaaraaaaaaaaaa!

La rusa vivía en Pueblo Grifo y era rusa de verdad. Hablaba el español como todas las rusas, con un dejo infantil y cambiando a cada rato el género de las palabras. Vino casada con un ingeniero que la abandonó al poco tiempo y ahora se disputaban el apartamento. Evocaba su tierra con una melancolía emperrada, pero se negaba a regresar. Me he acostumbrado a cocinar con petróleo, decía riendo, y a cargar agua todos los días por esas escaleras para poder asearme. Se comentaba que, allá en Voronezh, tenía un hermano mafioso que no se acordaba de ella. Pero la rusa, es decir, Svieta, decía que era empresario. A menudo se daba a la evocación de Podgornoe, su aldea de tierra negrísima y casitas recostadas a un mogote solitario, en la que se bebía el mejor *kvas* de toda Rusia y, donde, en tiempos de los escitas, había pernoctado el griego Heródoto.[5]

---

[5] Fue en un mercado de Voronezh donde un campesino que vendía semillas de girasol me aseguró que el griego Heródoto y, siglos después, el argelino San Agustín habían pasado unos días en Podgornoe. Altanero, le contesté que no sabía por qué razón su aldea encarnada en el ombligo de Rusia debió haber acogido a tales excelencias. La manera en que se enojó con mi respuesta y su enfangada vestimenta de otoño le hacían parecer un contemporáneo del santo que redactó las *Confesiones*.

Svieta, que ahora vivía del contrabando de cosméticos, latas de sardina y champús moscovitas de huevo y de manzana, trataba a sus clientes con una mezcla de altanería y conmiseración. Aseguraba que se había graduado de maestra en un instituto de Voronezh, y que allá, a la orilla del famoso Don, había pasado los días más felices de su vida. Siempre dejaba clara la grandeza de su patria, aunque después le costaba argumentarla. Los nuestros esto, los nuestros lo otro, decía para referirse a las cosas buenas que todavía hacían los rusos. Cuando El Figura le comunicó que le enviaría los pollos con un socio, se le quedó mirando, intrigada.

—Está bien —respondió luego, con un triste gesto de resignación.

Y al otro día, abriendo la puerta, dijo Svieta:

—Así que tú eres el nuevo.

Él asintió y se puso enseguida a estudiar el olor a ruso que manaba del apartamento. Sentado en espera del dinero, pensó lo bien que estaría allí su padre, rodeado de infinidad de las cosas que aprendiera a amar con tanta aplicación y a través de tantos kilómetros. Observó las cucharas de madera lacada con sus floras ingenuas, la alfombra que anunciaba una tempestad en un bosque de abedules, el samovar recién pulido, los libros con los lomos tatuados de trazos cirílicos, la matrioska, cuyas figuras eran una broma sobre lo infinito y a Svieta en una foto de universidad, con su vestido de algodón abotonado al frente y los senos todavía recios presionando sobre el busto, y al lado otra fotografía en la que se abrazaban tres niños, un varón y una hembra de la misma edad aproximadamente y uno menor, que sonreía con una intensidad misteriosa. Le preguntó a la rusa por los niños de la foto y ella se rió, incrédula de que no la hubiera reconocido en la muchacha que dejaba descansar un brazo sobre el hombro del más pequeño.

—Los de atrás somos Ruslan y yo —le dijo—, y el chico es Pasha, mi pobre Pasha.

Él se quedó mirando a la foto, pero en sí meditaba sobre sus propios asuntos. Era la primera vez en muchas semanas que se acordaba de su padre, y el hecho de que hubiera sido un esbozo del espíritu ruso el encargado de hacérselo presente, le pareció una venganza.

Volvió después del cuarto Svieta con el dinero y, como lo viera todavía interesado en los adornos de la sala, se puso a conversar con él. Le dijo que hacía dos años que no veía a sus padres allá en Podgornoe, pero que su hermano, el empresario de Voronezh, pronto le iba a pagar el viaje. Le contó sobre la enfermedad de su padre, una enfermedad de la tiroides, producto de la explosión de Chernobyl. Y precisó que el día en que la central electronuclear, en aquel abril del año 86, se fue de control y reventó como una maldición sobre el cielo de Europa, su padre se encontraba en Kíev, de visita donde un hermano. El aire envenenado que venía de Chernobyl le punzó con su radioactividad la glándula tiroides y ya no tenía cura. Se moría el padre poco a poco, sin mucho dolor, pero sin retroceso, decía Svieta mirando al piso, y él sintió que debía comentar algo, pero solo vio como se redoblaba en su pensamiento el recuerdo de su propio viejo, a quien tampoco veía desde hacía meses.

VII

Él ahora se sentía con fuerzas para conversar sobre poesía, pues ya había leído a Coleridge y a Pasternak y a Ezra Pound y al aldeano Pavese y a Gastón Baquero, el mulato cubano que moriría solo en Madrid años después, convertido a despecho de azares en uno de los monstruos de la lírica hispánica.

Comenzaba a escribir unos poemas sobrios y equilibrados, en los que el sentido muchas veces estaba en los mismos poemas, no en la glosa de paisajes o sensaciones. Había seguido encontrándose con los poetas cienfuegueros, pues la venta de los cuartos de pollo siempre le dejaba unas horas que aprovechaba junto a Mujer para apartarse de la desvencijada carrera por sobrevivir. Supo que aquellos poetas (o intentos de) no eran pedantes como imaginara al principio, sino solo un poco alardosos, y se dividían en dos bandos: los que deseaban saltar pronto hacia la inevitable capital del país y los que preferían la provincia, donde experimentaban el alivio de saberse reconocidos por cierto público y en especial por los funcionarios de Cultura. Le parecía asombroso que aquella ciudad ejerciera sobre sus moradores una influencia aplastante, a tal punto que la conciencia de estar en Cienfuegos los armaba con una altanería de doble filo. Al menos así lo veía él, un advenedizo todavía. Quienes giraban en la noria de la literatura sufrían por lo general de un apego a los asuntos bucólicos, demasiado palpables. Había poetas del amor, lamentables poetas de lo inalcanzable, comentaristas del clima local, de los simpáticos locos citadinos, pero resultaba arduo encontrar allí a un poeta total, dispuesto a discurrir sobre lo misterioso, en abstracto o no, sobre la soledad del hombre o su caída prevista en la muerte. Y en realidad podían no hacer falta; todo resultaba del temperamento de Cienfuegos, con sus calles de alto afinamiento y su cielo bajo, como de salón de vals.

En uno de aquellos encuentros literarios volvieron a encontrarse con Marcial y su novia que no lo abandonaba nunca. A mitad de la charla vieron aparecer a Rocamadour y él no pudo evitar vigilar su actitud hacia Mujer. Se dio cuenta de que el muchacho la miraba adusto y por añadidura ansioso, como ante un enigma remoto, pero martilleante, imposible de hacer a un lado sin más. Después observó a Mujer y trató de adivinar lo que estaría pensando y se obligó a ser racional, casi neutro en aquel análisis incómodo, pero terminó con una sospecha mucho mayor. Ella no es indiferente, se dijo. No puede serlo, repitió al ver que Mujer se mostraba impaciente y buscaba pretextos para volverse cada cierto intervalo hacia el lugar donde se encontraba Rocamadour, sufriendo seguramente porque no le daban entrada a la conversación.

Ese día volvió a ser celoso, por primera vez se mostraría brusco cuando ella se le encimaba con un vaso de vino casero, de ese que se vende en cualquier lugar de Cienfuegos. Entonces la apartó violentamente, casi un empujón que los que se encontraban cerca pudieron advertir. Pero esa vez Mujer fue cortés, incluso galante: volvió a ofrecerle el vino y él no se atrevió a replicar con otra agresión; su negativa ahora era bien manifestada y ella bebió, sonriendo. Continuó a su lado como si nada hubiera venido a perturbarlos y volvieron a charlar con Marcial, y Tania, su novia, les propuso ir el fin de semana al teatro.

—Toda Cienfuegos está esperando a *La virgen triste* —dijo Tania—, y nosotros también quisiéramos ir.

—¿Qué quieres decir? —preguntó Mujer.

—Es una obra de La Habana que exhibirán en el Terry sábado y domingo.

—No pensé que el Terry funcionara todavía —exclamó él—, suponía que ese teatro solo abría para ventilarse un poco, ser barrido y que lo miraran los turistas.

—También ponen alguna cosa de manera irregular —aclaró Marcial—, como ahora.

Él estaba de acuerdo. Mujer también convino y se despidieron. Caminaban despacio, alejándose ciudad adentro y al principio no se dijeron nada porque aún se mantenía sobre ellos el hedor del fantasma de Rocamadour. Avanzaban con difícil soltura, mirando cada uno al frente, indiferentes al paso de los juegos que el eclecticismo señorial de la ciudad proponía a quienes se deslizaban bajo sus balcones de guardavecinos angulosos y sus frontones serios como guardas reales. Cienfuegos, con su altura promedio de dos pisos, su pulcritud y su escueto aire marsellés, les era indiferente.

Al desembocar en el Prado los asaltó un bullicio de tambores y gangarrias, todos muy urgentes, y buscaron sorprendidos en cualquier dirección hasta que vieron a la multitud en el portal del cine Luisa, todavía reconcentrada, como compactándose para mejor reventar después con toda la intensidad de un arrebato múltiple sobre el semblante neoclásico de la arteria. Cuando por fin arrancó la conga y comenzaron los bailadores a obedecer a quienes imponían a golpetazos el ritmo inevitable del desfile, él se dio cuenta de que las mujeres que formaban la avanzada no eran tal, sino hombres perfectamente transformados, de piernas depiladas con ensañamiento, tersas y mucha pintura en la cara. Se escoraban los trasvestis al son de los tambores con sus camisetas pegadas a la piel, sus cinturas ficticias y sus miradas de triste Afrodita y la conga iba tomando cuerpo, estirando Prado abajo su contagio secular. Si los maricones no se empeñaran en ser mujeres, sino eso mismo, maricas auténticas en su parca hermosura, estarían mejor, pensó él, pero en realidad dijo:

—¿Cómo es posible que sean los trasvestis quienes encabezan a todos los demás, a los que arrollan y también a los tocadores, esos negros probados que respiran ron y pueden hasta llevar cuchillos?

—En Cienfuegos hace tiempo que no se busca a los homosexuales para someterlos a burla —le dijo Mujer—. Eso ahora es algo del pasado, o de algún reaccionario semidormido, o de pueblos pequeños. No dudes, incluso, que uno de esos negros que te parecen tan machos sueñe con desnudar a algún trasvesti y ponerlo unos minutos a disposición de su machismo. Después seguirá considerándose tan hombre como tú.

Ladeó él la cabeza, sonrió, pero no dijo nada. Mujer sonrió también y marcó un pasillo de rumba, y como los bailadores comenzaban ya a pasar por su lado, apremiándolos, se unieron silenciosos a la avalancha rítmica que seguía en busca del malecón, se detenía en las esquinas donde las falsas hembras efectuaban evoluciones muy bien coordinadas, la gente aprovechaba para aplaudir satisfecha y los turistas movían las cámaras veloz y un poco desconcertadamente a favor de los bailadores. Continuaron arrollando por todo el Prado. Mujer se veía feliz. Se había tomado el baile tan en serio que parecía olvidada de todo lo demás, de la propia algarabía colateral a la música, y marcaba el paso de manera perfecta, con la exageración precisa y una medida del ritmo ancestral. Él no; él solo se movía para no ser barrido por los de atrás, pero su pensamiento estaba en otra dimensión de aquel ahora, pues el pequeño enfado con Mujer lo inclinaba al descreimiento. A diferencia de los demás que marchaban con la cabeza un tanto erguida y se ladeaban con garbo cada tercer paso, él lo hacía con los ojos puestos sobre el pavimento y dándose a la multitud con la única exigencia de que no lo atropellaran. Los veo y son un enigma, se decía en un arranque que después él mismo consideraría melodramático, los miro arrollar tan eufóricos y me veo tentado a preguntarme en qué condiciones estarán sus medias, su ropa interior, sus estómagos, puesto que legalmente ninguno puede haber desayunado hoy. Saltando de uno a otro pesimismo, se atrevió a imaginar aquella procesión en el enclave de otro tiempo. Jugó a investigar cuáles serían sus ánimos si entonces marchara, soldado de Pompeyo, a la huída egipcia, propiciada por el famoso cruce del Rubicón. Llegó a razonar cuánto miedo, cuánta sed cargarían quienes se fugaban del César, convencidos de que lo hacían exclusivamente con el fin de ganar más tiempo para la angustia, y se sintió tan pobre, tan cansado, que probó a decirse que el ejército que lo llevaba ahora en su cauce era una tropa formada para la victoria; marchaba, condotiero, al acecho de Pisa, a erigirse un monumento de posteridad definitiva, si existía tal cosa, pero volvió a darse cuenta de que no tenía ánimos para la fábula, ni para la filosofía y se preguntó cuál era el absurdo que lo había inmiscuido en aquel desfile. Y se preguntó a deshora si el espíritu festivo del cubano no sería una máscara, una mutación, un paliativo para la pintoresca cuota de tragedia que el destino universal nos había deparado, pero Mujer entonces, como adivina, le supo dar alcance en mitad de la amargura y lo atrajo un poco hacia la música, hacia sí.

Ya cerca del malecón la conga había crecido tanto que la gente colmaba el paseo, las dos vías que lo apresaban y también ambas aceras. Unos españoles atraídos por el bullicio dejaron de tomarse fotos con el mar de fondo y avanzaban ahora en busca de los tambores moviéndose anticipadamente, fuera de compás, pero con mucha rotación de las cinturas. *Mira entre los gallegos*, dijo Mujer y casi gritaba. *Qué pasa,* dijo él sin dejar de arrollar y ella entonces lo tomó por un brazo para hacerlo detener, dar media vuelta y colocarlo de frente a una trigueña con el pelo aprisionado por una cinta muy ancha, que bailaba sin parar, casi desesperadamente, instando a los ibéricos a imitarla, mas solo conseguía hacerlos sudar y sonreír embarazosamente ante la imposibilidad de ejecutar lo que se les exigía. Era Crosandra. Llamémosla, pensó decir él, pero enseguida se contuvo, volvió a mirar al frente y siguió bailando, ahora más comedido, todo lo suavemente que le permitía la tumbadora incisiva justo detrás de su cabeza. Arrolló de manera imperceptible, sin despegarse de Mujer que sí lo hacía con ganas, con una especie de hambre musical inconsolable, sanguínea.

Al llegar frente al hotel Jagua uno de los hombres disfrazados extrajo un silbato y ordenó el alto, la música se interrumpió y salieron a relucir unas botellas mediadas. Oscurecía y el cielo comenzaba a ser tomado por un gris redondo que, unido a la brisa profunda que llegaba de la bahía, originaba una sensación de frialdad, de desconsuelo. Vámonos, pidió Mujer y salieron rumbo a la parada, que no se encontraba lejos. Él iba por la acera, despacio, y la muchacha a unos tres metros, por la calle. Ahora, carentes del estímulo de la música, no se atrevían a hablarse, aunque no estaban enojados, solo un poco indecisos debido al incidente con el vaso de vino y cansados. De repente se dejó oír un pitazo. ¡Mujer!, gritó él y corrió hacia la muchacha, pero ella se había dado cuenta a tiempo y se precipitó hacia la acera. Entonces vieron pasar a gran velocidad un microbús de turismo totalmente iluminado que venía del lugar donde terminara la conga. En una de las ventanillas reconocieron a Crosandra.

VIII

Llegó entonces el sábado, día del estreno de *La virgen triste*. Temprano, aún con restos de sol sobre los techos, la gente colmaba el portal del teatro y los que no cabían se desbordaban hacia la calle y más allá, alcanzando los primeros metros del parque Martí. Ir al teatro en esta ciudad tiene, gracias a la sustancia más terrena de la provincia, algo de ritual, dijo Mujer, al teatro no se llega de forma desnaturalizada. Hay que evolucionar primero, dar cuerpo en los portales al preámbulo de lo que se seguirá viendo adentro, desfilar, para que me entiendas, mostrarnos unos a otros cómo nos hemos transformado para acoplarnos a lo que, por escaso, consideramos todavía algo muy serio.

Después se encontraron con Marcial y Tania y penetraron a la sala. En la última fila, al centro, estaba una joven de piel trigueña, pero pálida aún a la luz tenue de los bombillos. Poseía unos ojos solitarios y una bufanda blanca sobre los hombros. Quién será, quiso saber Marcial. Parece una persa, dijo él sentándose, sin poder explicarse por qué la muchacha permanecía allí como anonadada a la vista de todos, sin importarle al parecer el espectáculo a punto de iniciarse. Pero ella siguió en su butaca, seria, inamovible mientras la gente pasaba y aún se mantenía así cuando se dieron cuenta de que no cabía nadie más en la sala y se produjo afuera un ruido de timbre que hizo que las luces comenzaran a languidecer. Solo al amparo de la penumbra oyeron a la joven más que verla al levantarse y emprender un viaje sollozante en procura del escenario, pero tuvo aún que llegar, subir, caer de rodillas y gritar un nombre desgarrante para que el público se diera cuenta de que tenía enfrente al fantasma de Juana Borrero, la poetisa niña, la adolescente mimada por la melancolía, la musa de la grandilocuencia romántica, la joven pitonisa que asombró a La Habana decimonónica con su delicadeza sufrida, hecha verso.

Después todo fue diferente. Juana sollozaba y su voz se esparcía por la sala, como llevada en hombros por los muertos a quienes, ora ofendía, ora alababa, y podía suceder que, encontrándose en médio del escenario, sus palabras llegaran desde el lado opuesto, de tras el cortinaje o desde la calle, sobrecogiendo a todos, constituyendo una atmósfera de asamblea, de ceremonial, de la que nadie podía sustraerse. La virgen triste no se agotaba. Iba hilvanando su tragedia por todo el teatro, bajaba a los pasillos, se acercaba a la gente, rozaba a alguno con su mano leve, se abrazaba del aire suplicante, febril, hacía aparecer a Julián del Casal, a Federico Urbach, a sus propios hermanos.

A Mujer le gustaba la manera en que la obra trataba de emparentarse con la Cuba de ahora, la insinuación de que Juana Borrero era la propia Cuba, el empeño por hacer de los lánguidos poetas del diecinueve una especie de espejo de los cubanos de esta época, y sobre todo la noble evocación de Casal, de su verso aristocrático y sorpresivo, de sus tristes chinerías, de su destino enredado en sí mismo, de su mano serena al escribir aquella frase mortecina: «Ansias de aniquilarme solo siento». Se estremeció al recordar un pasaje de la «Oda a Julián del Casal», del maestro Lezama, y sin quitar los ojos del escenario murmuró: *Ninguna estrofa de Baudelaire,/ puede igualar el sonido de tu tos alegre./ Podemos retocar,/ Pero en definitiva lo que queda,/ es la forma en que hemos sido retocados/...* Avizoraba en el hecho de haber recordado los versos de Lezama una especie de talismán para los sucesivos días junto al joven. Suponía que la idea era un poco ridícula, pero le gustaba ese tipo de ridiculeces. Entonces se inclinó hacia él y comenzó en un susurro a contarle las maquinaciones a que la habían llevado los dolores de la virgen triste, pero él la mandó a callar y siguió mirando a la desconsolada actriz con ojos de quien va a confesarse.

Por fin Juana Borrero inició una última carrera que la dejaría tendida sobre el escenario toda de blanco, como una mancha grande de nieve palpitante y la música de *Adiós a Cuba*, la triste música de Ignacio Cervantes impregnó por un rato la sala.

La gente ahora no se atrevía a moverse. Intuían que el final tendría otros matices y no se decidían a aplaudir, a marcharse. Se habían quedado en un gesto que les daba la apariencia de ser culpables de algo. Cuando las luces de nuevo palidecieron, esta vez para anunciar el fin, la vuelta a la otra vida, alguien, una muchacha del público exclamó:

> *Yo no quiero el deleite que enerva,*
> *el deleite jadeante que abrasa*
> *y me causan hastío infinito*
> *los labios sensuales que besan y manchan.*

Entonces se oyeron los aplausos como tropel de animales y el teatro comenzó por fin a vaciarse. Mujer caminaba de prisa para salir antes que el tumulto, pero él se retrasaba.

Miraba hacia una esquina, aquella de donde saliera la voz de la declamadora. Creía percibir todavía el eco de los versos y la voz misma le era conocida, suponía, si bien había brotado distorsionada por la emoción. Siguió avanzando lentamente, desechando cada uno de los rostros femeninos que procedían de aquel sitio en una operación ágil, instintiva, pero que a él le brindaba seguridad.

Casi junto a la puerta pudo resolver el dilema: encontró a la declamadora y se desilusionó al descubrir que, contrario a lo que había supuesto, deseado, no se trataba, de Crosandra.

IX

Y si yo te confesara, man, dijo El Figura, que esa Svieta me
tuvo medio loco. Fue a raíz de empezar en el negocio, cuando me dijeron que allá en Pueblo Grifo había una rusa con
muchos pesos. Fui a proponerle los pollos y salí empecinado en meterla en mi cama. O yo en la suya, que fue lo que
pasó. Miró al vaso de cerveza con ambición y se lo echó de
una vez en la garganta. Limpiándose la boca con el envés
de la mano, agregó:

—Si me hubieran dicho que las rusas eran tan locas, no
lo hubiera creído.

Él hacía silencio. No sabía qué decirle al colega, por lo
que prefirió beber también, un buche tendido, frío, despreocupado. Se lo imaginó encima de Svieta y, sin saber bien
por qué, se sintió molesto. El Figura añadió:

—Loca, loca.

—

—Ni pide, ni da tregua.

—

—Como una cubana.

—

—Con imaginación y con coraje.

—

—Enferma, enferma.

—

—Gozadora a todo.

—

—Por alante y por atrás.

—

—Gritona y perversa.

—

—Si la dejas, es ella la que manda.

—

—Así debe de haberse clavado Elena de Troya.

—

—Una tormenta arriba de la cama.

Y, entrando en detalles, le contó cómo lo recibió Svieta la primera vez que llegó con la mercancía: distante, mirándolo de reojo, olisqueando los cuartos de pollo a ver si no apestaban porque, como casi nunca había corriente... Pero con cada regreso del Figura se fue volviendo diplomática, sonriente al darle las gracias y solicitarle otros pollitos para la semana próxima, con brillo en la mirada, despaciosa cuando iba a poner la carne en el refrigerador, despaciosa cuando venía con el agua que él le pedía, y lo miraba beber como se mira una salida de sol. El Figura se preguntaba por la causa de aquellos cambios en la rusa, pero sentía temor a estar equivocado. Ya se comentaba que el ingeniero tenía otra mujer, que maltrataba a Svieta y que andaba en algunas gestiones para echarla del apartamento, pero no había nada seguro.

Ella le gustaba. Con un gusto cauteloso, realmente. Por ejemplo, sus axilas sembradas de un vello lacio, plateado, le ponían la carne de gallina. Y las piernas embozadas igualmente en pelillos claros, ofensivos. Sin embargo, había una atracción circundándola, una magia esquiva a las palabras, algo más cerca del instinto que de la retórica.

A eso comenzó enseguida a acomodarse El Figura y se quedaba un rato después de cobrar los pollos y a veces bebía un té negro, retinto, con escasísimo dulce y unas galleticas que crujían en la boca con un ruido promisorio.

Una tarde Svieta lo invitó a probar uno de sus propios pollos. Él dudó, pero enseguida, repuesto, le puso una condición: lo prepararía él mismo. Ella le trajo un delantal en el que bailaba un cosaco de bigote hinchado y botas hasta los muslos, y El Figura, colocándoselo con parsimonia, entró a la cocina. Tomó un cuarto de pollo, luego otro y los palmeó con mano pesada, como acomodándolos sobre una tabla de picar. Les hizo varios cortes y los saló. Peló unos ajos, pidió una nuez moscada y la ralló, trituró los ajos y los introdujo, junto con la nuez, en las ranuras que había hecho. Friccionó los pollos con mantequilla, muy levemente, solo para lograr un dorado legítimo y los puso al horno. Los dejó hornearse unos minutos y los extrajo. Entonces los untó con abundante miel y los devolvió al calor del horno. Cuando los sacó la miel hervía sobre la bandeja y la piel de los pollos parecía de laca. El Figura los roció con limón y le dijo a la rusa que probara, que en lo que le quedaba de vida no volvería a comer algo semejante.

Svieta sonreía. Se acercó por detrás y trató de abrazar al Figura, pero sus manos no lograron rodear toda su barriga. Lo besó en la espalda con una familiaridad sorpresiva y le dijo: *Comamos*, pero entonces llamaron a la puerta.

Era el ingeniero.

Svieta quería sonreír, pero el ingeniero la miraba amenazante, con una superioridad que ella aún le reconocía.

El Figura, que se asomó a ver quién había llegado, se quedó en silencio, con una solemnidad ridícula en aquel delantal exótico. El ingeniero ahora sonreía. Como si hablara consigo mismo dijo que había que ver lo putas que eran las rusas. Que no sabía para qué la sacó de allá, de su tierra de comunistas devenidos mafiosos. Que por eso mismo le iba a quitar el apartamento y para allá tendría que volver, a rabiar de hambre y de frío. Que el gordo debía irse. Que si no, él mismo lo sacaba. Todo sin dejar de sonreír, como si estuviera ensayando una pieza de Virgilio Piñera.

Svieta comenzó a sollozar. El Figura se deshizo del delantal. El ingeniero miró a la rusa con una cólera todavía juguetona y repitió que el gordo sobraba allí. El Figura dijo algo y se lanzó sobre el ingeniero, lo derribó en un rincón y cuando iba a golpearlo, Svieta lo detuvo, lo empujó y, todavía llorando, le dijo que se fuera de su casa.

Pero ya estaba liquidada, man, aseguró El Figura, *yo sabía que me botó por vergüenza, para no seguir sintiéndose humillada. Fíjate que en cuanto caí otra vez por Pueblo Grifo se olvidó del ingeniero y de todo lo demás y se me ofreció solita, solita.* Vestía una bata suelta, olorosa a perfume moscovita, puntualizó el gordo. Andaba con una coquetería adolescente, sus brazos livianos se elevaban y le daban un aspecto de muchacha alegre, de cuento de hadas. Adelantándose a sus deseos le ofreció una copa de vodka helada que El Figura levantó y puso al trasluz antes de llevársela a los labios. Tomó un breve sorbo y Svieta sonrió. «Bebes como si fuera té», le dijo y, con un gesto limpio, se echó la suya en la garganta. Con los ojos rojos se llevó un pedazo de pan a la nariz y aspiró fuerte, para recuperarse. «Así es como beben los rusos», le dijo y, como por encanto, se quedó frente a él, desnuda. Tenía tetas de reina, aseguraba El Figura. Senos ambiciosos, de pezones pálidos, que ya estaban contraídos cuando se desvistió. Y un pelo rebelde en el pubis, y unos muslos hinchados y un calor en el cuerpo que parecía fiebre. *Me dijo que me la comiera, que no le tuviera compasión, que se lo*

hiciera bien duro, que le marcara una teta. Se revolca-
ba cuando le abrí las piernas y le puse la lengua,
quietesita, entre los pelos plateados. Gimió cuando me
le eché encima y con un dedo tramposo le busqué el
agujero de atrás. Su piel era una seda, sus cuarenta y
tantos años eran envidiables, su principio de gordura
lujurioso como yo no había visto. Me susurró en espa-
ñol frases de cariño y terminó gritando en ruso pala-
bras que deben de ser bien malas, según la angustia
con que las profería, y cerró fuerte los ojos cuando
comencé a deslizarle el animal adentro, a sacarlo des-
pacio y dárselo nuevamente de un tirón. Se acariciaba
ella misma un pezón, con los dedos mojados en mi boca,
quería tocarse y sentir el animal, todo a la vez, pero
ese día no pude contentarla, man. En lo mejor del jue-
go me di cuenta de que me estaba vaciando, de que se
acababa el carnaval, de que uno de los contrincantes
había calculado mal y ahora abandonaba el ring, y ese
era yo. Traté en vano de morderle una teta, de chupar-
la hasta que la sangre se le coagulara bajo la piel, para
dejarle por lo menos la marca que me había pedido,
pero aquel no era mi día. Disimulé como pude, me apreté
contra ella, resoplé y la vi sonreír junto a mi cara.

El Figura buscaba ansioso una revancha, el reencuentro que lo pusiera a salvo en la estima de la rusa. Trató de aparecer más a menudo por Pueblo Grifo, pero siempre había una dificultad. Ella no deseaba enojar al ingeniero y fingía no darse cuenta de los deseos del Figura. Seguía tratándolo con delicadeza, lo invitaba a un té, a un refres-co, pero la vodka no mediaba en sus entrevistas.

El Figura se impacientó.

Creía que Svieta lo repelía por puro gusto, por no haber sabido ser macho la ocasión en que la dejó probar su tozuda carne eslava, *me perdió el respeto, man, me ha confundido con un inglés, que después de los cuarenta, nada, se acabó el cuero.*[6] Al acecho de una oportunidad, planificaba la manera en que iría desplegando sus recursos, los trucos de proxeneta que tan bien conocía, su experiencia lesionada por el final imprevisto de la vez anterior. Ensayaba y no veía la señal; buscaba a la rusa y ella estaba en otro lado, y aquella forma de no converger lo acorraló a tal extremo que se tornó agresivo. Un día bebió sin preocuparse por la cantidad y cuando se dio cuenta de que ya no quedaba nada en la botella, se le ocurrió practicar con Eucaris lo que guardaba para Svieta.

La esperó en la sala y en cuanto la vio llegar le ordenó que se desvistiera. Ella lo miró con extrañeza, caminó hacia él, pero la detuvo el olor del alcohol. El Figura, impaciente, le repitió la orden y Eucaris intuyó que debía obedecer y comenzó a desnudarse allí en la sala, despacio y seria, con la esperanza de que el marido desistiera. El Figura, en cambio, se incorporó y terminó de quitarle la ropa a tirones y la levantó para llevarla al sofá y cayó encima de ella resoplando, con el animal a toda vela, y cuando la penetró comenzó a sollozar y a pedirle perdón. Lloraba El Figura sin soltar a Eucaris, la besaba y volvía a sollozar, hasta que comenzó a aplacarse y respiró tendido encima de ella.

[6] Otra pequeña inexactitud del Figura. Seguramente había escuchado a la ligera alguna traducción de este divertimento inglés: *Twenty to thirty night and morning: Thirty to fourty night or morning: Fourty to fifty now and then: Fifty to sixty God knows when.*

X

La virgen triste despertó en él, junto con una especie de nostalgia anticipada por el mundo brumoso de Juana Borrero, de Casal y de Rubén Darío, la certeza de que deseaba a Crosandra. Así se lo planteó definitivamente, sin miedos ni rodeos y admitió que le urgía verla y comentarle algo de lo que estaba sintiendo. Fue a buscarla para decírselo, pero encontró la casa cerrada, en la puerta un trozo de papel, NO ESTOY sobre la hoja, y dentro de sí un apremio vecino de la derrota. Entonces se lanzó a dar con ella, un rastreo a fondo por las rutas más torcidas de Cienfuegos, aunque más le costó comunicarle sus deseos, la cura que necesitaba para el hambre extraña que trataba de matarlo, cuando la encontró finalmente en un banco del Prado frente a la sala Guernica —que habían inaugurado, como es usual, sin terminar aún— fumando sola.

Crosandra lo escuchaba con una atención volátil, perdida la mirada por sobre sus hombros, pero su seriedad lo engañó y él se sintió confiado. Calla tan bellamente que es como si asintiera, se dijo, tal vez ya aguardara este momento y ahora que hemos confluido me observa complacida. La muchacha no se olvidaba de intimar con su cigarro y verla a través del humo que ascendía en penachos, como una nube que alguien desde arriba se ocupara en deshilar, le prestó un arrojo juguetón que se apoyaba en lo onírico, en un convencimiento gratuito, no razonado, que lo ayudó a inclinarse decidido a besarla, pero en el instante de entregar el beso había entendido ya que Crosandra era inexplicablemente otra persona, airada, ofendida, amenazándolo con ir a contárselo a Mujer, ahora mismo la busco para que sepa a quién se confía, aseveraba y sus palabras parecían bien meditadas, trazadas magníficamente por los labios enfáticos, con vigorosos acentos. Él se había quedado desconcertado. Tenía frío, sed, buscaba una razón más poderosa que los argumentos de Crosandra, más consistente que su enfado real o de utilería, pero solo encontró tupidez, una incomprensión que le prohibía expresarse, que terminó obligándolo a levantarse del asiento y caminar Prado arriba en dirección a Pastorita y después torcer a la izquierda en Santa Cruz para seguir mudándose de calles, tantas como fuera preciso para entender qué había fallado realmente.

Acuclillado contra la pared de una pizzería cuidaba un mendigo un tosco retablo en el que moraba la imagen de un santo. De vez en cuando alguien dejaba caer una moneda en el retablo y el mendigo le aseguraba: *El Señor se lo pagará*. Una nube pasajera roció de pronto, como entretenidamente, aquella porción de la ciudad, y el mendigo se apresuró a recoger los pertrechos. Maldecía en susurros y tiraba las monedas en un vaso de plástico, después envolvió al santo con toscos gestos de ceremonia, lo colocó en una jaba y echó a andar apurado, encorvándose pegado a la pared, murmurando todavía. Un niño que escapaba de alguien se abalanzó sobre el mendigo. Cayó el vaso de plástico, se diseminaron las monedas y el mendigo se puso a insultar ahora directamente a su santo. Una mujer vino a auxiliarlo. Recogió unas monedas y se dirigió a él: *¿Dónde se las pongo?*, le preguntó. *Échelas ahí*, gruñó el mendigo señalando el vaso, sin mirarle a la cara.

Vagó hasta el anochecer, se dirigió a la biblioteca, el lugar donde casi vivía su amigo Marcial, pero no logró encontrarlo; después fue a ver a otros conocidos y bebió con ellos.

Cuando entraba a su casa todavía iba temeroso, pero Mujer lo recibió risueña. *No habrá tormenta*, pensaría él y comenzaría a respirar más seguro, pues ya Crosandra había tenido tiempo más que abundante para aparecer con la levadura para el escándalo.

Se sirvió agua. Sorbió unos buches y suspiró.

Llamó a Mujer, le dijo que tenía hambre, que estaba cansado, que mejor se bañaba antes de comer, que después oirían algo de música, un poco de rock.

—Crosandra ha estado aquí —oyó entonces a la muchacha, y enmudeció de sorpresa.

—¿Y qué deseaba? —inquirió al recuperarse, cuando ya era capaz de fingir indiferencia.

—Quiere el libro que le prometiste.

—Ah, mañana o pasado iré a llevárselo —aseguró y se quedó pensativo, pues era obvio que no le había ofrecido ningún libro a Crosandra.

—No, ella no desea que vayan a su casa —trató de explicarle Mujer—, ya conoces que es algo misteriosa, así que mejor esperas a que vuelva por acá.

XI

Caminaban una tarde rumbo a uno de los pocos jardines de que puede ufanarse la ciudad de Cienfuegos. Habían planificado un diálogo tranquilo con la Naturaleza, mientras el paisaje por el que transitaban se alistaba para su momento más sobrecogedor. Tras algo de camino se encontraron sobre la cabeza de un puentecillo de madera erigido sobre un arroyo falso, pero sin dudas agradable. Verlos avanzar, para un observador aéreo, hubiera sido como constatar la progresión de dos puntos oscuros sobre una armazón terrosa, pero a nivel humano resultaba cómodo advertir la seriedad que ponían en el paseo. Mujer quería fijarse en los velos de la luz que comenzaba a cernirse desde el oeste y conformaba con las nubes bajas grandes figuras semejantes a animales perezosos.

Después fueron a sentarse en la vecindad de una glorieta abandonada a los gorriones. Él dijo:

—Si piensas que estamos aquí por casualidad, o por *snobs,* o por un impulso ecologista, te equivocas.

—Muy bien —le respondió Mujer—, cuéntame.

—Sabrás que los jardines han estado desde siempre emparentados, no solo con la meditación, sino además con el erotismo —trató él de explicar, y no ocultaba el orgullo que le producía saber que la impresionaba.

Y terminó de exponer una teoría según la cual el jardín es la posibilidad de medir a la Naturaleza con un rasero humano. Para reducirla momentáneamente a nuestra estatura. Para tratarla como a un semejante y contaminarse con su ascendencia, como pensaban los persas, quienes hicieron de la jardinería una de sus cumbres culturales.

—Entonces —sentenció Mujer— en lo adelante, cada vez que entremos a un jardín tendremos en cuenta que lo hacemos a un sitio creado con una idea donde priman el equilibrio y las fuerzas que se intercambian.

Así es, convino él y evocó para el gusto de la muchacha la imagen de un escrupuloso jardín oriental que acogía en sus tardes de lujo a Ghiathuddin Abdul Fath Omar ibn Ibrahim al Khayyam al Gahg, el hombre que por una ecuación cultural más común de lo que se piensa logró deslumbrar al Occidente, mientras que en su natal Persia nunca ha podido ser un clásico al estilo de Hafiz o de Firdusi. Se habla de un auténtico caso de purificación literaria, se asevera que un refinado inglés, Eduard Fitzgerald, no siendo capaz de crear una poesía propia, se entregó con devoción, con obstinado gesto a la traducción de las cuartetas de Omar Khayyam, en realidad astrólogo, matemático, mente de razón y no de sueños, que escribía para distraerse, pero el inglés lo cogió tan a pecho que es una de las veces en que la traducción beatifica al original, lo supera y lo encumbra. Pero la leyenda —lo sabemos ya— vive en sí misma y no en sus desmentidos. El *mito Khayyam* es bueno para el Occidente, que al añadirle unas gotas de su propia cultura llega a ver en sus versos algo de lo que necesita para reafirmarse. Tener en Homero a un ciego, en Galileo a un cínico y en Omar Khayyam a un gran poeta es creer en el imán del símbolo, de las posibilidades más allá de la raya de meta, donde la verdad no es lo constatado, sino lo indispensable.

A Mujer le gustó la fábula donde Omar Khayyam aparecía en el jardín de su amigo el rey Nizam reverenciado por suavísimos cojines de flecos dorados y buscando en el vino un alivio para la agitación que le ocasionaba ver cómo el Tiempo flotaba sobre su cabeza apenas un instante antes de seguir vuelo hacia una eternidad que excluía a los hombres, y si bien no quería negar que el cuadro cargaba con un molesto signo de lo arquetípico y lo manido, le daba alegría saberse capaz por lo menos de intuir el nacimiento de una de las famosas *rubaiyyat* del místico persa.

La noche había terminado de asentarse y la luna marcaba su lugar en lo bajo del cielo con una franja anaranjada, buena para fotografiar. Del lado de la bahía llegó como arrastrándose el quejido de la sirena de un barco temeroso de que lo devoraran los arrecifes. Mujer sintió que la brisa se había vuelto áspera y se estremeció. Él, adivinando su leve sobrecogimiento, la tomó por los hombros y la atrajo para besarla. Ella lo complació con un beso tranquilo en el que se dejaba estar sin esfuerzo, solo aflojaba los labios y le concedía lo demás a él que parecía sediento y sin apartarse de su boca le buscaba a tientas los senos para acariciarlos. Pero Mujer tenía frío y supo arreglárselas para que él pospusiera los deseos. Por un rato más siguieron escuchándose sus voces en la noche. Eran susurros en los que se planteaban sus asombros con relación al mundo y él, usando sus muslos como almohada, le confesó alguna duda —como la tengo yo también— sobre si valdría la pena dedicarse a la escritura con una pasión que no escondería el peligro del daño. Porque si vamos a ver, remarcó, se escribe por tozudez, por una suerte de fatalismo que a primera vista nos iza como buenas insignias del humanismo, pero en realidad casi siempre nos deja frente a los riscos de la sospecha y de la pobreza.

—Lo que pasa —le aseguró Mujer encogiéndose para atenuar la frialdad que sentía —es que para los escritores de mediana autenticidad siempre resulta, llegada la ocasión de preguntarse, más importante la pregunta de Bécquer que la de Vicente Aleixandre. En verdad, no ha de importar mucho para quién se escribe porque lo esencial, lo irresistible para el escritor es ese *qué es poesía* que el pobre Gustavo Adolfo elevó sin sospecharlo siquiera a la categoría de un universal. Se trata, una vez más, de la coronación de lo que necesita ser buscado, el misterio en las ancas de la fatalidad, poseyéndola.

—Es posible —le dijo él— y sin embargo comienza a parecerme que en el horizonte humano hay una gran carga de desencanto, por lo que el valor de los que crean consistiría en sentirse capaces de alargar el desenlace, o sea, el olvido. [7] No te extrañes de que yo pueda repetir de memoria unas frases de San Juan Crisóstomo que no dejan de inquietarme, si bien algunos hermeneutas aseguran que con ellas el santo solo deseaba convocar a la prudencia o más bien a ser modestos sin condición. Escucha. «Cuando miráis espléndidas edificaciones y la forma de las columnatas os encanta la vista, tornaos de súbito a la bóveda celeste y a las espaciosas praderas donde pacen los rebaños junto al agua. ¿Quién no desprecia todas las creaciones del arte cuando al alba en el silencio de su corazón admira el sol que se levanta derramando su luz dorada sobre la tierra?»

Y para hacer infranqueables sus argumentos le pidió que atendiera precisamente a lo que dice una *rubaiyyat* de Omar Khayyam o —lo admitía— de Eduard Fitzgerald:

---

[7] Esa idea, poliédrica como toda obsesión, me obligó a una serie de escritos, de los que luego salvé apenas un cuento, *Vincent Van Lezama*, gracias a que su tono despreocupado y mordaz me devolvía a la salvadora indiferencia.

Los santos y los sabios que charlaban
de esto y de aquello en tono doctoral,
como falsos planetas se eclipsaron.
Tierra es su boca, Tierra es su verdad.

Mujer se había quedado pensando. No sé por qué te lamentas, le dijo al cabo de unos minutos, si de cualquier forma vas a tratar de batirte con la niebla. El enredo de la existencia debe tener su origen en la prisa que nos causa el sabernos mortales. Deberíamos admitir que como individuos somos finitos, pero esa es la madre de nuestros principales pesimismos. El hecho de que como raza podamos tutearnos con la inmortalidad es más bien un asunto de filósofos y de políticos y sin embargo, algo más que el orgullo nos mueve a obrar y a ilusionarnos. Quizás de ser eternos, como los animales y los niños, exigiríamos el derecho a dejar de ser. Ahí está toda la gravedad de los inconformes, gracias a lo cual viven los historiadores, los ideólogos y los poetas.

Después quiso conocer si había logrado sacarlo de su pesimismo.

—¿Acaso no estamos de acuerdo? —le preguntó.

Él se había dormido.

73

XII

Sabía que lo postergado es una trampa que uno se tiende a sí mismo, por lo que decidió buscar a Crosandra de inmediato y pedirle cuentas sobre la confusión que trataba de poner en sus relaciones con él. Si estuviera ofendida como le había hecho creer, se dijo, no hubiera aparecido después por su casa con la excusa de recoger un libro que él nunca le prometió.

Se fue pues a la calle con un pretexto que lo exceptuaba de cualquier sospecha y, como tenía decidido que no habría diplomacia, viajó directamente a casa de la trigueña bonita y escabrosa y llamó a la puerta con una decisión que lo volvía brusco y autosuficiente.

En la sala fue recibido por la voz milagrosamente actualizada de Mick Jagger que bromeaba sobre la posibilidad de jugar a las patadas con un mundo donde el amor se tornaba difícil y sobre todo caro, caro, insistía Jagger, que daba enseguida paso a un hombre real, palpable, en pantalones cortos, sin camisa, zapatos deportivos de estreno, con la mano elevada en un gesto a tono con la copa resudada que sostenía y un castellano inconfundible.

—Buenos días —dijo el hombre y él notó cómo retumbaba sobre el instrumental de los *Stones* el barroco de las eses.

—Busco a Crosandra —explicó sin agresión; ahora más bien parecía tímido.

—Ella no está, pero yo puedo servirlo —dijo el ibérico—. Solo debe sentarse y aguardar para que pruebe una verdadera sidra.

—No se moleste —replicó él.

—Si no es molestia —aclaró el otro—, los amigos de Crosy son mis amigos.

Carente de otra réplica, tomó asiento y aceptó la sidra.

Por suerte, el español permaneció en el coto de los *Rolling Stones*; eran sus preferidos, lo admiraba sobre todo su persistencia, la hazaña de seguir tocando después de tanto tiempo.

—Son como mis padres intelectuales —recitó y la cara de alegría con que lo dijo le recordó a él su época de *rock fan* en los días benditos y tristes de la azotea escolar.

Con gusto hubiera seguido allí un poco más, olisqueando la sidra y oyendo al ibérico, quien no sospechaba que eran una especie de enemigos, sutiles contrarios de ocasión. Pero insistió en marcharse y el otro no pudo retenerlo.

Se fijó de forma automática en una palmera que comenzaba a estirarse sobre la acera de Crosandra y sin tenerlo claro vio en un destello el rostro de Mujer y su quieta alegría cuando lo escuchaba fabular sobre Omar Khayyam.

Caminó una o dos cuadras.

De vuelta a su cruda inmediatez inició un soliloquio sobre la ambigüedad de las mujeres, cómo se las arreglarán para nunca revelarse del todo y para tener siempre la razón, qué las ayuda a mostrar en el último instante la carta escondida, pensaba apuradamente, pero entonces se detuvo, dejó de andar y de maldecir, respiró para organizarse y convino: *Sí, es ella, Crosandra, la que tiene las cejas curvas como una cimitarra*, y comprobó como se acercaba sonriendo, abanicándolo con las pestañas de actriz, conminándolo con aquella respiración de diosa.

Él abrió la boca; ella se la cubrió con una mano perfumada y lo miraba suplicante. Ya sé que vienes de mi casa —le dijo— y era lo que pretendía evitar. Ese español es otra cosa. Yo suelo mirarlo como una ilusión, la proximidad de un pasaje, un continente, otro tipo de existencia. Pero vamos, sé donde podemos estar cómodos, a salvo de extraños.

Él ni pensaba ya en resistirse, ahora solo deseaba probarla, emboscarse por fin en aquel paisaje incógnito, andar sus trillos uno a uno, trazar él mismo trillos nuevos, mojarse el cuerpo en el lago acogedor que lo aguardaba para corroborarle que su instinto seguía siendo el fiel adivinador de las amantes que una vez puestas a punto no saben contenerse. Vamos, convino y desembarcó con ella al otro extremo de la ciudad y se perdieron en los pasillos de un edificio maltratado por la hierba y el ruido de animales que habían tomado algunos balcones a modo de corral, y penetraron en un apartamento sin muebles, solo unos afiches turísticos evitando el vacío total de la sala, y en el único cuarto un colchón sin cubrir y sobre la pared una frase de una pieza de los *Rolling Stones*.

—No es muy grande, pero no sabes lo bien que se está aquí —trató de sonreír Crosandra, al tiempo que llegaba a su lado y se recostaba en su cuerpo.

Él quiso mirarle a los ojos. Buscaba algo indeterminado. Buscaba la confirmación de un deseo genuino, alejado del trámite cotidiano de que se sintió parte de repente.

Ella comenzó a acariciarle la espalda. Después lo besó. Eran besos pequeños, todos dados a sedal, repetidamente, al tiempo que le zafaba la camisa. Él se permitía tocarla con vehemencia. Palpaba su cabello con gratitud y deseo mezclados; después, cuando desabotonó la blusa para conocer la textura de los hombros la sintió contraerse y temió estar siendo brusco. Entonces se empeñó en penetrar en su boca, había autorizado a su lengua a recorrer el marfil de aquella dentadura, los cauces cálidos de la saliva, pero Crosandra no le daba tiempo. Seguía esquiva, colocando sus besos que no eran tal de una forma magra y sonriendo nerviosamente.

Al cabo de un tiempo él se enfadó. *Si tiene algún dinero ahí dentro se lo ha dado el gallego, no yo,* ironizó, pues el forcejeo había llamado a su memoria a las prostitutas moras que, según Alejo Carpentier, se metían monedas en la boca para evitar que mientras eran poseídas, lenguas que jamás dejaban de considerar intrusas fuesen a rozar las suyas. Por fin renunció a besarla y comenzó a desvestirla. Cuando apartó la blusa, el mínimo ajustador color caramelo, quiso descender a reverenciar los pechos, mas al saludarlos levemente con la punta de los labios, notó cómo la muchacha se sustraía y tornaba a sonreír sin motivo. Entonces no resistió y la tomó violento para derribarla sobre el colchón, pero se apuraba tanto que cayeron con medio cuerpo fuera y la joven gritó, pero él ya había tomado lugar entre sus piernas.

Crosandra lo dejaba maniobrar. No se oponía, pero tampoco existía sincronismo; trabajaban de manera despareja, sin orden ni lógica, hasta que él se vació sin entusiasmo y fue como si ella hubiera estado pendiente de una señal para comenzar a hablar. Decía cosas sin sentido, fuera de todo lugar, hasta que le preguntó: ¿te gustó?, aún sin advertir que él se había colocado bocarriba, con los ojos fijos en la amplitud del techo y un desencanto considerable atacándolo desde todos los ángulos.

—Nunca hubiera imaginado que eras tan delgada, Crosandra —dijo para mortificarla y porque era verdad—, hasta me infundías miedo con tus vestidos semejantes a globos y te auguraba unas piernas macizas como las de Anna Pavlova y en el vientre un vellón enredadizo, áspero, cuando en realidad eres exigua, como las adolescentes medio pervertidas de Vladimir Nabokov. Te podría absolver el hecho de ser mejor amando, yo me hubiera olvidado de tus noventa libras ayudado en algo por esa boca altiva, cellinesca sin dudas que sin embargo no sabe cómo se da un beso.

Lo dijo de corrido, sin pausas que le permitieran razonar sobre lo que hacía, su posible mella en la muchacha.

Después se vistió.

Actuaba despacio y en su rostro era posible vislumbrar algún arrepentimiento, como si esperara el segundo de justificarse, de dejar asomar un poco de compasión, pero no lo hizo.

Al salir, todavía Crosandra se encontraba dentro del cuarto, desnuda, extremadamente seria, enredando un dedo en un hilo suelto del colchón, y en la pared, como protegiéndola, el conjuro en inglés: *How could I stop, once I start?*

XIII

La desilusión con Crosandra lo inclinaba a ser más solícito con Mujer, más dependiente además. Puso mucha seriedad en escribir poemas para ella, buenos poemas que después grababa de puño y letra en el libro de tapas azules que ella le ofreció apenas conocerse. Buscaba ahora cualquier pretexto para llevarla a la calle, te he exhibido poco, le decía riendo, aún no todos conocen a mi hembra, no te conocen como me merezco, y ya estaban listos para salir en busca de los amigos o a caminar solos en paseos que siempre terminaban en el malecón, pues habían convertido aquel lugar en el eje obligado de sus peregrinaciones y, obedientes a la norma de todas las ciudades con mar, suponían que la grandeza de Cienfuegos llegaba a aflorar totalmente solo si se estaba en el malecón, a la vera del mar más caribeño, más de leyenda en estas costas del sur que en las de La Habana o Caibarién, y en las que con apenas un poco de empeño era posible descifrar el ulular de los piratas que una vez hallaron protección en la bahía.

Así estaban ahora, sentados en el muro de frente al agua en la que se observaban tres grandes buques, aislados y suficientes como ceibas en una llanura azul, y más allá el resplandor de Cayo Carenas, y detrás la mole silenciosa de la electronuclear como dinosaurio triste, envejeciendo antes del nacimiento. Mujer había liberado su pelo para que correteara un poco en la brisa y se ladeaba con insistencia porque se sabía hermosa y digna de ser cortejada, confundida con una sirena. La luz le prestaba un perfil que ella se decidió a explotar con alegría, mientras sus labios entreabiertos quedaban con frecuencia enmarcados en el doble azul del cielo y el agua marina. *Alguien que no recuerdo ha dicho que todos los pueblos costeros poseen nombres capaces de hacerlos meter más en el mar*, comentó de repente, sin quitar los ojos del brazo incesante que hasta ellos estiraba el océano.

—Todos menos éste —replicó él, y Mujer sonrió y dijo:

—Ah, cómo es que no había reparado en esa contradicción entre los cien fuegos y el mar, aunque sí estoy al tanto de un detalle que de seguro ignoras.

Y le hizo el chiste mil veces repetido de que, geográficamente hablando, el centenar de incendios que da nombre a la ciudad no tenía cómo propagarse, pues todos los pueblos de esta zona contaban, como advertidos por Dios, con topónimos que de alguna manera implicaban agua, toneladas de humedad, y comenzó a citarlos en una lista que parecía no tener fin: CumanayAGUA, BarajAGUA, TatAGUA, ManicarAGUA, MacAGUA, Castillo de Jagua, Aguada de Pasajeros, Charcas, Lagunillas, Ojo de Agua, y hasta Juraguá, con su acento despistado. Él asintió complacido por lo que le resultaba un descubrimiento. En verdad, no tuve tiempo de sopesar esa graciosa coincidencia, confesó sonriendo, tomando la mano de Mujer que estaba animada, como cada vez que hablaba sobre su ciudad. La joven pertenecía sin dudas a ese tipo de personas que ven en el lugar donde nacieron, cuando ningún accidente los ha obligado a dejarlo, una especie de estigma de toda la existencia. Mi amor por Cienfuegos —le había explicado ya— se regodea en una condición helicoidal; no resulta de ningún modo acrítico, pues mi ciudad y yo hemos convenido en no ocultarnos nada. Ella me reprocha el hecho de querer conocerla básicamente por intuición, no me atrevo a meterme en su historia oficial por temor a un súbito desencanto, y así continúo pensando en el fino De Clouet, su fundador, como si se tratara de un galante aventurero, al modo de las buenas novelas de Emilio Salgari. Por mi parte le echo en cara no seguirse llamando como antes, Fernandina de Jagua, y a veces también, cuando algo me acorrala, llego a sospechar que Cienfuegos puede ser dura igual que una madre de carácter debido a su empeñado orden neoclásico, a su altivez no siempre comprendida —ya que, como habrás de saber, estamos en la ciudad más orgullosa de la isla—, a esa manía francesa por los ángulos rectos y la amplitud que no deja nunca a la sombra cubrir una calle de acera a acera, esa especie de toldo natural, etéreo, en que se especializaron los españoles, como buenos alquimistas de la distribución espacial. Sin embargo, estoy lejos de poder alguna vez afirmar como Escardó: *Soy un extraño en mi ciudad*, o decir como James Joyce de Dublín que Cienfuegos es una hemiplejia, una parálisis que acaso quepa en alguna mortecina crónica. Creo, por el contrario, que algunas personas son capaces de sentirse extranjeras, no en otro país ni bajo las lanzas de otras lenguas, sino con solo abandonar el aura de donde nacieron. Mi amor por Cienfuegos en sus cumbres más agudas, en esos momentos en que me pesa haber faltado a nuestro pacto, puede llegar a ser más persistente que el de Shakespeare por su casa junto al Avon, que el del totalitario Goethe por Weimar, el de Dulce María Loynaz por La Habana, Dante por Florencia, Marta Abréu por Santa Clara, Igor Visotski por Moscú, Pedro Llanes por Placetas, el conde Tolstoi por Iasnaia Poliana, San Agustín por

Hipona y Odiseo por Ítaca. No sabes lo tranquila que me hace estar convencida de que nunca me iré de aquí y, por más que algún día añoro el gesto húmedo de una calleja retorcida y reconozco que este eclecticismo pudiera guardar algún peligro para el incauto empeñado en leerlo de una manera exclusivamente recta, no resisto si no converso con Cienfuegos, por lo menos una vez cada semana.

—Espérame, Violeta —decía una joven—, espérame.
Violeta, cincuenta años, pelo descuidado, mirada dura, seguía por la acera a paso doble, impulsada por algún rencor.
—Violeta, yo soy tu hija —decía la muchacha—, yo soy tu hija.
Violeta no se volvía para verla. *Mi hija*, murmuraba, como quien dice: mi enemiga.
—Oiga, deténgase, espere a su hija —dijo un negro anciano que avanzaba al encuentro de Violeta.
Violeta se detuvo, lo esperó y escupió en la acera, frente al anciano.
—Si esa es mi hija, tú eres Jesucristo, negro —dijo.

Entonces sintieron un grito lejano. «¡Oye, Alcofrybas!», voceaban desde el otro extremo del malecón, allá donde la acera y el muro terminan volviéndose parque. Se detuvieron intrigados, de frente al grupo que se aproximaba enarbolando unos gestos contundentes, repetitivos, aunque todavía no era posible distinguir las caras. «¡Alcofrybas!», volvió a oírse la voz múltiple por todo el malecón.

—Debe ser con nosotros —razonó Mujer.

—Es conmigo —aseguró él y dio unos pasos riendo porque ya las figuras comenzaban a individualizarse, recuperando cada una la personalidad que les sustrajera la mucha distancia, recuperando además los nombres, nombres raros, escatimados a algún personaje de novela, como este con que acababan de regalarlo.

Y allí estaban, a punto ya de los besos y el apretón de manos Iliá, Rocamadour, Aquiles y Niso, preguntando mientras terminaban de acercarse por la salud y la literatura. Bien, bien, asentía Mujer que en ese momento se avergonzaba de tener que seguir manteniendo a raya a Rocamadour; bien, bien, decía el recién bautizado y en realidad sentía gran júbilo, pues logró entender que el hecho de darle un nombre no podía implicar menos que un agasajo, la invitación a sentirse parte del círculo selecto; en fin, que lo reconocían como Poeta.

—¿Y de dónde vienen?—preguntó Mujer.

—De por ahí —dijo Niso y agregó—: Esto que ven es una peregrinación: pretendemos recorrer toda Cienfuegos, más bien todos sus bustos y estatuas.

—¿Y cuál es el móvil? —se interesó Alcofrybas.

—Rocamadour —dijo Niso—, es Rocamadour que acaba de publicar su primer libro, una plaquette escueta, con erratas de más, pero es algo de verdad tan importante que se nos ha ocurrido celebrarlo con una visita a todos los ilustres que recuerda esta villa, no importa cuál sea el origen de su fama. Si quieren, vamos.

Vamos, aceptó Alcofrybas y enseguida partieron hacia Punta Gorda, pues Rocamadour, sentencioso, se empeñaba en comenzar por Guanaroca, la india que formó con su llanto los tres ríos tributarios de la bahía de Jagua y que ahora contaba con una escultura de cuyos ojos brotaban —a veces, solo los viernes cuando había turismo— los tres surtidores que recordaban la trágica génesis. De vuelta se detuvieron ante la tromba marina que metaforiza el crimen del «Mambí», el viejo barco de madera que hundieron los nazis. Era lo único que hacían, pararse ante los símbolos a guardar silencio procurando alguna espiritualidad, una comunión por el recato a la que concedían, sin embargo, gran importancia. Después fueron al parque «Martí» siempre tan barrido, tan neoclásico en su dibujo, en su mármol, en todo, excepto en que es el único de Cuba que carece de pájaros totalmente. Allá visitaron al Apóstol, a la República, y después fueron a ver a Arquímedes Pous en el teatro y, en el Prado, a las madres y a Mercedes Matamoros, una ardiente poetiza de segunda que se hacía llamar *La desventurada cantora del dolor*, adivinando acaso que era parte de un arquetipo, el de los poetas menores, quienes, de no existir, habrían dejado un vacío angustioso, culpable, pues son ellos los verdaderos mártires de la Poesía.

Visitaron después el escudo de Cienfuegos y a Enrique Villuendas allá en su parque de árboles con troncos semejantes a torreones y al padre Las Casas frente al ferrocarril.

—También hubiéramos deseado hablarle al Benny, pero es imposible —dijo Iliá entonces— porque en toda Cienfuegos no hay busto, ni tarja, ni nombre de calle o de parque que lo recuerde.

—Tendríamos que ir a Lajas —dijo Aquiles—, para dejarle caer unos tragos de ron sobre su tumba en el precario cementerio de su pueblo, y contarle que todavía en Cuba no ha nacido nadie que cante como él.

—Alguna vez iremos —aseguró Rocamadour—; por lo pronto regresemos al malecón entonando sus canciones, que son lo único capaz de mantener fértil su espíritu.

Y como estaban de acuerdo, partieron Santa Clara arriba cantando a Benny Moré:

Cienfuegos es la ciudad
que más me gusta a mí...

repetían, pero al hacerlo por un apremio profundo, como homenaje urgente, casi místico al sonero y no por borrachera o exhibicionismo, fluía de sus gargantas un murmullo, una melodía disciplinada, imposible de ser identificada a dos metros del grupo. Así prosiguieron, susurrando los mambos y boleros del Benny en busca del malecón y al pasar por alguna parada, una cola o frente a cualquier reunión de conversadores la gente se volvía a mirarlos y después se preguntaba, intrigada, por esos extraños religiosos, inéditos en la vía pública, de ropa tan extravagante y ocupados en trasladar sus oraciones por toda la ciudad.

XIV

De vez en cuando los vendedores de pollos tenían noticias de los mudos. Se enteraban de sus comentarios agresivos, y la verdad era que les habían ido ganando terreno, copando con su carne de ave los lugares que antes eran para el marisco de los otros. Alcofrybas vendía con agilidad, sabía convencer a la gente capaz de sufragarse una comida inusual para muchos, y El Figura le tenía confianza, le dispensaba a veces un trato filial, simpático, y Alcofrybas se lo agradecía callado y sincero.

Una tarde llegó a casa de Svieta y le vio en la cara una serenidad impuesta, como si la rusa hubiera accedido a ella tras un esfuerzo lento, concentrado. Svieta le dijo que no quería pollo, que no quería nada, que ni vivir quería, y Alcofrybas le miró a los ojos, a los dos goterones que se le descolgaron por las mejillas y preguntó:

—¿Qué pasa, rusa?

—Mi padre —susurró ella—, mi padre ha muerto.

Y le explicó que unas horas atrás había recibido una llamada de Voronezh, que el hermano comenzó a hablarle con un nerviosismo inusual, y ella vislumbró enseguida la desgracia, que el padre murió sin notarlo apenas, que de un tiempo a esta parte se había ido apagando en silencio, y los rescoldos de su vida no le daban ya ni para sufrir, gracias a Dios, pero ella no podía consolarse con saber que su muerte fue tranquila.

Alcofrybas dijo algo torpemente, como para que ella supiera cuánto sentía su desgracia, y se dispuso a salir, pero Svieta lo detuvo. *No te marches, por favor*, pidió y, dando por hecho que se quedaría, comenzó a contarle pedazos de su infancia en Podgornoe.

Una vez su padre se fue a trabajar a Riazan por una temporada. Venía a la casa cada un mes o menos, por apenas unos días, y Svieta lo recordaba taciturno, parco de cariño con ella y sus dos hermanos, más parco aún con la madre, apurado por regresar a Riazan. La madre callaba, hacía ver que no estaba sucediendo nada, pero cuando el padre estaba de espaldas a ella lo miraba con una severidad pesarosa y movía la cabeza negativamente.

Una mañana, a finales del otoño, la madre despertó a sus hijos más temprano de lo habitual y les dijo que viajarían. Ellos se entusiasmaron ante la posibilidad del paseo, pero la madre no estaba para júbilos. Murmuró que había sentido en la madrugada al espíritu de la casa sentársele al lado en la cama, y como era su obligación lo había interrogado.[8] Ya conoces nuestras costumbres, sonrió Svieta, tu padre debe haberte explicado eso del *domovoi*, pero Alcofrybas, sonriendo, le dijo que no, que su padre en el único fantasma que creía era en el fantasma de Lenin, el fantasma que ya no recorre Europa.

---

[8] El *domovoi* es el espíritu de los hogares rusos, una especie de *genius loqui*, pero más activo . Cada casa lo tiene y, si él necesita comunicarle algo a los moradores, se les sienta al lado mientras duermen, y es obligatorio preguntarle: *¿Has aparecido para bien o para mal?* Según lo que responda, se debe proceder.

En fin, siguió Svieta, aquella noche el *domovoi* no estaba muy locuaz y mi madre solo supo a ciencia cierta que había problemas con mi padre, y no tuvo paciencia para esperar su nueva visita.

Fueron a Kalach a tomar un tren hasta Voronezh y de allí otro hasta Riazan. Llegaron al atardecer de un sábado, después de dos días en el camino y la madre los guió por unas calles de las afueras bañadas por un polvo negro, de fachadas apáticas y cornejas salpicando las aceras con sus graznidos. *Mi madre iba con la seguridad de quien conoce de memoria el lugar, recordó Svieta, era como si, en efecto, el espíritu de la casa aquella noche le hubiera revelado el camino hacia mi padre. Pasha se rezagaba, entretenido por cualquier motivo, y ella lo llamaba en un tono del que ya comenzaba a retirarse la dureza. Entonces su rostro parecía triste, indefenso, aunque sus pies no vacilaban. Ruslan y yo nos manteníamos a su lado, imitando sus pasos resignados, hasta que llegamos a una casa marcada con dos abedules al frente y una campanita de bronce sobre la portada lateral.*

—Todavía me acompaña el recuerdo de aquella campana —dijo Svieta y terminó de deslizarse por la historia con un apremio que la obligaba a atropellar algunas palabras, mientras enlazaba los dedos de ambas manos con inquietud repetitiva.

Contó que al llamado de la campana salió a abrir su propio padre y entonces su madre les cedió a ellos el paso y penetró después en el patio de la casa para quedar los cuatro allí, plantados frente al hombre que los miraba en silencio, con los ojos redondeados por la sorpresa. Como mandada a buscar, salió detrás del padre una mujer pecosa, pero nada desagradable, según recordaba Svieta, y preguntó qué sucedía.

—Es mi familia —balbuceó el padre, víctima de un automatismo patético, y la mujer pecosa lo miró y regresó a la casa sin decir otra palabra.

Entonces la madre, cumplido al parecer su único propósito, los hizo salir del patio y desandaron las calles maquilladas de gris y pájaros eventuales hasta la estación de ferrocarril.

Cuando subieron al tren comenzaba a bajar la temperatura, pero la encargada del vagón dijo que tenía órdenes de no poner la calefacción. El convoy traía poco carbón y era obligatorio reservarlo para cuando empeorara el tiempo. La madre los acomodó como pudo en un rincón de aquel vagón de tercera y se sentó en silencio a mirarlos dormitar con trabajo.

Todavía no llevaban una hora de viaje cuando apareció tras las ventanas una llovizna rolliza, apurada, y todo el paisaje del atardecer parecía derretirse dentro de la noche paulatina que lo emboscaba. Pasaban los árboles deshojados, difuminándose con prisa y, de vez en cuando un grupo de fachadas a media distancia, tras cuyos cristales ya se adivinaba el resplandor de alguna lámpara.

Los niños tenían frío.

La madre fue a conseguir un poco de té y al regresar traía además unos panecillos.

Repartió los panes con unos pedazos de embutido que había comprado antes de subir al tren y se puso a mordisquear su ración con la mente en alguna otra parte.

La gente en el vagón se quejaba del frío. Para combatirlo, se envolvían en mantas y bebían té; otros prendían unos cigarrillos como torcidos con mal humor que dejaban un olor cortante, efectivo a varios metros a la redonda. Cerca de la media noche, cuando el tren aún no había hecho la primera parada, la encargada del vagón puso la calefacción y los pasajeros, al darse cuenta de que subía la temperatura, lo aprobaron estirándose con placer. Curiosamente, después de conectada la calefacción Pasha comenzó a toser. Era una tos seca, profunda, que se repetía sin cesar y terminó despertando a sus hermanos que refunfuñaron a coro. Una vecina le tendió a la madre una vasija con miel y le aconsejó ponerle una buena cantidad en el té. Bebió Pasha soñoliento, lloroso y volvió a acurrucarse y volvió al poco rato la tos y ya amanecía cuando por fin se le fue aplacando, dejándolo en una paz todavía nerviosa, embotada, que asustó a la madre.

La claridad les confió un paisaje monocromático, simulacros de bosques sin follaje con lechos de hojas cuyo dorado había sido pisoteado por la lluvia. Pasaban frente a las ventanas del tren con una monotonía veloz y mirarlos con demasiada fijeza hubiera podido hacer que se olvidara el tiempo y el apremio de las circunstancias. Pero Pasha volvió a toser, ahora con una fuerza triste y asustadiza, y la madre lo tomó en sus brazos como si el hecho de acurrucarlo fuese capaz de distanciar la tirantez de sus pulmones. Cuando comprobó que no era suficiente, mandó a los hermanos por el vagón en procura de algún remedio, papeles amarillos para adherírselos en el pecho y que le sacaran el resfriado, una porción de mantequilla para dársela con té, una pastilla para la fiebre que se anunciaba con algún estremecimiento de sus labios secos. Llegaron después los hermanos trayendo los remedios y se acercaron otros viajeros a sugerir la manera de tratar al niño. Hacía más calor en el vagón, por suerte, y era recomendable desabrigarlo un poco para que respirara aire de buena calidad, no solo con la nariz, sino con toda la piel, dijo una anciana mirando risueña a la madre.

Llegaron a Podgornoe al mediodía de un sábado y el domingo Pasha, que había ido dominando la tos y la fiebre, de nuevo se sintió mal. Lo llevaron al hospital y de allí fue enviado a Voronezh con una pulmonía severa. Estaba tan débil que ya no tosía, acaso se debatía lentamente por un segundo para quedar sumido otra vez en una inmovilidad viscosa, eterna, según recordaba Svieta, que deseaba terminar cuanto antes su relato.

—Murió ese día —dijo por fin, suspirando—. Recuerdo su pelo amarillo desordenado sobre la almohada y sus manos pequeñas, tan desamparadas. ˙

Se detuvo. Alcofrybas la miraba sin saber qué decir. Añadió: *Papá llegó a la mañana siguiente y lo llevamos a enterrar. No regresó a Riazán, pero ya el mal estaba hecho. Mamá lo culpó sin reservas de la muerte de Pasha, pero él la culpaba a ella, por habernos enrolado en aquel viaje presuroso e innecesario, según decía. Nunca se pondrían de acuerdo, y en los momentos en que peor se sentían trataban de que Ruslan y yo le diéramos la razón a uno sobre el otro. Nosotros callábamos, aterrados. Jamás se separaron, pero no vivieron más como dos seres íntimos. Se atrincheró cada uno en una habitación y solo se hablaban lo imprescindible, hasta ahora, que murió papá.*

La solemnidad de la mirada de Svieta le aclaró a Alcofrybas que había terminado de contar. Entonces se acercó y la abrazó con una delicadeza en la que bogaba la intención de evitar cualquier frase de consuelo. Creía que era suficiente con abrazarla y ella, en efecto, se lo agradeció, levemente risueña. Cuando lo despedía en la puerta le dijo:

—En realidad no sé a quién he llorado más hoy, si a mi padre o a Pasha.

Un camioncito mal pintado de blanco, soltando por una bocina en el techo porciones de una melodía gastada y oscura, se estacionó frente a un parque apretado entre dos edificios. La gente, que lo veía venir, corrió hacia él y se hizo una cola abultada, sin pies ni cabeza. *¡Helado, llegó el helado!*, gritaban.

Del camión bajaron dos hombres y comenzaron a vender los botes de helado a quien pudieran, cuidando de que las manos que se elevaban hasta ellos soltaran primero los billetes. Dos mujeres llegaron simultáneamente hasta uno de los vendedores y trató cada una de comprar primero. *Se me ponen de acuerdo*, dijo el hombre, *o no les despacho.*

—Me toca a mí —dijo una mujer.

La otra, sin replicar, le dio un empujón y extendió la mano.

La primera mujer entonces tomó a la agresora del pelo y se hizo de repente un círculo en torno a ambas, que permanecieron cogidas del cabello, inclinada cada una hacia la otra, como luchadoras de sumo.

Los vendedores de helado cerraron las puertas del camioncito. *Ayúdame con estas,* dijo uno y trató de separar a las mujeres.

—No me la quites, coño —decía una después de separadas—, que yo compro primero. ¡Por estas! —y se levantaba la blusa en dirección a los hombres y a su rival.

Pensaba Alcofrybas en la tremenda frase de Svieta cuando llegó a su casa, y admitía que hay misterios que rondan sin anunciarse hasta última hora, como el de la muerte. Pero enseguida comprendió que el suyo era un razonamiento gratuito, pues no lo emplazaba de modo personal. Era como mirar los toros desde la barrera, se dijo. La comodidad de observar el dolor de los otros mientras no se ha encendido el propio nos presta una lucidez apócrifa, siguió pensando, mientras reconocía que, de cualquier manera, lo embargaba el alivio de quien observa la guerra por televisión.

Mujer estaba en la puerta del cuarto y cuando lo vio llegar se enderezó, asustada. Eso lo divirtió y se dio cuenta de que Mujer le gustaba de cualquier manera, pero sobre todo así, cuando lo miraba con una seriedad que se aproximaba a la grandilocuencia. Su expresión era adusta, en efecto, y tenía los ojos velados por una humedad filial, acaso compasiva, y Alcofrybas, que iba a contarle sobre Svieta y su nueva desgracia, se dijo que primero mejor trataría de besarla, de meterle en el cuerpo la idea de amarse, pues aquella melancolía de la muchacha siempre lo ayudaba a convencerla.

Ella no le dio tiempo.

—Siéntate —le dijo—, que lo vas a necesitar.

Alcofrybas entendió que le anunciaría algo difícil de asimilar.

—Ha llegado una noticia —dijo Mujer y tragó en seco—: Es tu padre. Murió esta mañana.

Y como si no bastara tuvo valor para contarle que el padre había muerto en vísperas del suicidio. Alcofrybas se quedó en silencio, esperando el fin de sus explicaciones, y Mujer murmuró que el hermano de Alcofrybas le dijo cuando llamó que entre la ropa de cama del padre habían descubierto un papel en el cual anunciaba que al día siguiente se quitaría la vida, sin dar otras razones. Pero algo se le adelantó, añadió Mujer; el corazón, creo.

Él la miró y, de toda la maraña de ideas que ya se le avalanzaban, pudo distinguir con claridad que le agradecía que fuera precisamente ella la destinada a darle la noticia. Eso lo salvó. Se le acercó y le tomó una mano, la hizo sentarse a su lado y lloró sin escándalo, sin apuro, sin avergonzarse, y mientras lo hacía fue abriendo las páginas en que su mente tatuara las mejores escenas de su padre y él, y también algunos recuerdos penosos que irrumpían por cuenta propia, pero él los dejaba pasar hasta concentrarse de nuevo en los momentos que lo fueron volviendo un hombre al lado del padre, antes de aquella pueril disputa de sus ideologías.

Era la muerte, sarcásticamente, el acto que lo autorizaba a pasar revista a la relación de la que los dos eran responsables, a descongelar muchas escenas de amor y a concluir que había sido dichoso al tenerlo, a pesar de lo inexplicable de que después se distanciaran. Claro que no lo comprendió el mismo día en que Mujer guardó con recelo la noticia para dársela al verlo aparecer; ni al otro, cuando, allá en su pueblo, penetró en el cementerio cargando el cajón oscuro en el que iba su viejo, sintiéndose el tipo más triste, más despreciable del mundo; ni al otro, cuando su madre le contó que el padre no había dejado de extrañarlo, pero que después de su partida se hizo experto en derivar la atención hacia Ermitage, su perro extemporáneo, para sufrir un poco menos; ni una semana después, cuando lo atormentó la idea del olvido. Pues imaginar que el tiempo lo ayudaría a dejar de sufrir la muerte del padre lo colocaba ante un remordimiento de otra índole, necesariamente masoquista, se dijo. Meses después, cuando el dolor comenzó a variar sus intensidades y pasó de ser una quemadura persistente a una especie de comezón más pacífica, pero cuestionadora, comprendió que debería perdonarse él mismo por lo que hubiera hecho sufrir a su padre, para imaginar después que el padre lo había perdonado. Y tuvo lucidez para ir desechando todas las culpas que aún lo acosaban, sobre todo aquella sutil insinuación que le hizo el viejo con el suicidio previsto y no consumado por falta de unos minutos. Alcofrybas hubiera querido no saber sobre ese detalle. Si algo tenía la fuerza imprescindible para desequilibrar su mente, era suponer que la inmolación que planificaba su padre podía ser, sería con seguridad, una consecuencia de su distanciamiento.

Sin embargo, cuando, exactamente al año de muerto, Svieta lo invitó a conmemorar juntos la partida de ambos padres, se dejó llevar por una satisfacción retroactiva y le pidió a Mujer que lo acompañara a comprar unas velas, pues quería dedicarle al viejo un cirio por cada uno de los años de incomunicación, que eran seis. Ella hubiera preferido recordar la partida según la costumbre cubana, pero no deseaba contradecirlo.

—Aunque no pensaba en una cifra, sabía que necesitaríamos unas velas —respondió—. Sin embargo, te aseguro que no las encontraremos en ninguna parte.

Alcofrybas se preocupó. En Cuba a los muertos se les ofrece luz por cualquier cosa y era imposible que su padre no la tuviera en ese primer aniversario de la cesación.

Quiso cerciorarse de lo que decía Mujer y anduvo por las tiendas, preguntó a los vendedores de baratijas, pero no había velas. Contrariados llegaron a casa de Svieta cuando el sol comenzaba a meterse en el océano y vieron al entrar que la rusa le había encendido unas velas a su padre. Son nuestras, explicó Svieta, quien llamaba *nuestro* a todo lo fabricado en su país, pero Mujer advirtió que solo había tres. Alcofrybas insistía en que hubiera deseado seis para su viejo y entonces Mujer le pidió que se calmara, que le tuviera confianza, y habló en un susurro con Svieta. Se fue al cuarto la anfitriona y al volver traía un espejo. Aquí tienen, dijo, mi instinto me indica que mi padre desea tres velas, pero si quieren doblarlas en el espejo para el vuestro, está bien.

Con el espejo multiplicando las velas oficiaron una ceremonia, cuyos ecos alcanzaron el amanecer. Svieta puso la mesa y había un lugar para cada uno de ellos, y también para los dos muertos, que fueron servidos al modo ruso, con tortillas de harina untadas con una oscura confitura de ciruelas, pescado ahumado, hongos en crema agria

```
[—para cuatro raciones—
1 kg. de champiñones frescos, 2 cucha-
radas de margarina, 2 cucharadas de aceite
de oliva, un vaso y medio de crema agria
(de leche).
Se lavan los champiñones y se cortan en
pequeñas lascas. Se ponen a freír en la
margarina, a fuego lento. A los 5 minu-
tos se añade el aceite de oliva y se
fríen durante otros 5 minutos. Se añade
la crema agria y se espera a que alcance
el punto de ebullición. Antes de reti-
rar los hongos del fuego, mezclarlos
bien con la crema],
```

pan negro, té, bombones de chocolate y una botella de vodka Stalichnaia. Pero la solemnidad no estaba del lado de la tristeza, pues el año transcurrido les permitía rememorar las cosas con otro tipo de sosiego.

Hicieron brindis por sus vidas y por la tranquilidad de sus padres y hacia la madrugada, sin percatarse apenas del rumbo que cogían sus palabras, se encontraron hablando sobre poesía. Decía la rusa que de un modo oscuro, siempre se había sentido acompañada por el espíritu de Mayakovski. Alcofrybas se interesó en aquella idea de su amiga, pues había llegado a admirar la agresividad del poeta, a pesar de sus reservas de otros tiempos para con lo ruso, pero Mujer declaró que ella prefería a Esenin, aquel engorroso aldeano. Sonrió divertida Svieta y explicó que, para sus compatriotas, la oposición Mayakovski/ Esenin resultaba algo así como la elección entre dos mundos. Y no eran mundos que estuvieran delimitados exclusivamente por lo político. Aquella disputa tenía un signo plural, e incluía a la poesía en sí. Mayakovski, a propósito, a quien Esenin acusaba de escribir propaganda en lugar de poemas, era un poeta nato, es decir, sufría por serlo y eso lo singularizaba, aun en contra de su propia obra. Ser poeta era para la rusa algo más que ser escritor, y había hombres que invocaban la poesía con ser, antes que con escribir. Por eso prefería a Mayakovski, por su modo bizantino de soportarlo todo: la fama, la paranoia, la deshonra, la aversión de Lenin; incluso a sí mismo. Admiraba además la elegancia con que confió su vida a un revólver aquel abril memorable en que se creyó perdido, cancelado para más desgracia de un proyecto de país al que no dudó en defender desde sus versos como cataratas, escalonados y marciales.

Alcofrybas, que se llevaba un vaso a los labios, se detuvo a medio camino y miró a Svieta. Ella notó su asombro y le dijo sonriente:

—¿No sabías que Mayakovski se suicidó?

—No —admitió Alcofrybas—, ¿y Esenin?

.

XV

A veces, cuando pensaba en la literatura, Alcofrybas vislumbraba el alba de una vida cómoda, sorprendente y alegre como no lo es ninguna. Una vez entró a la casa silbando de satisfacción por tantos cuartos de pollo como había vendido, y Mujer, para no desentonar, lo invitó al mismo té de siempre, hervido hasta el escándalo, con solo el sabor del azúcar prieta y una o dos hojitas en el fondo, aclaradoras de una autenticidad moribunda.

Hoy armaremos una tertulia íntima, pues estoy segura de que lo merecemos, aseveró Mujer y él replicaba ya sí, pero íntima en todo, hasta las últimas claridades, y sin que ella tuviera tiempo de negarse comenzaba a sacarle el *pullover* a rayas que se le enredó en la cabeza y Mujer se puso a forcejear para terminar de deshacerse de él y como maniobraba bruscamente con ambas manos en alto, el ajustador cedió y no pudo prohibir a los senos salir a desperezarse un poco. Entonces Alcofrybas exclamó: bien hecho, y se quitó la camisa, pero no continuaron desvistiéndose: permanecieron desnudos hasta la cintura, bebiendo té y leyendo poesía con tanta seriedad que se los imaginara complotados en un auténtico ritual de la fertilidad o lo eterno.

A Mujer la enamoraba la teoría. Procuraba explicaciones emparentadas con lo racional, y Alcofrybas cada vez que vislumbraba la oportunidad se dedicaba a provocarla, la llamaba *la hija fiel de Bertrand Russell*, pues él era militante del primer impulso, el que se ve a sí mismo en el misterio y sueña con los disímiles posibles. Por eso cuando Mujer le pidió una buena definición sobre el Arte, volvió a sonreír y tenía ganas de mortificarla. La muchacha estaba concentrada, pero su seriedad era alegre, como la de quien aguarda una buena noticia. Alcofrybas, meticuloso, se detuvo en su torso desnudo, en la pelea de los matices de luz sobre sus pechos tranquilos, y dijo:

Imagina un campo de batalla, imagínalo arrasado y el sol que viene a recomponerlo un poco, a revivirlo. Amanece para las aves, para las pequeñísimas nubes que patrullan el lugar, pero no para el soldado herido que en su delirio está paseando entre los bronces del cuerpo de su novia, la caligrafía de sus dedos nombrando el agua, la mujer que lo mira y le ruega *vuelve a nacer, descuelga otra vez mis vestidos, corrige este grito involuntario y que el mar nos adivine como encendidas figuras que echan a pelear sus hambres.* El agua se inclina sobre la joven, el cabello del agua es la plata que se clava en sus senos, les presta la palabra que aturde al soldado como al toro la espada, el soldado que intenta liberarse, matar al agua, la espada, el miedo, la línea, el sueño, pero ya no puede. *O este sueño o la muerte*, canta la joven y vuelve a bosquejarle el mapa de su cuerpo, la ondulación del agua en la promesa de bramar y ser el cielo, la artista, la loba. El soldado, claro, no despierta.

A Mujer no le desagradaba la parábola de Alcofrybas.

—Yo pensaba que eras más clásico —bromeó—, más dado a lo griego y a su proporción; sin embargo, demuestras con tu historia una rara madurez.

Él asintió y se incorporó para estirar las piernas. Mujer aprovechó para ir por otro poco de té a la cocina. Se alejaba, todavía desnuda hasta la cintura y Alcofrybas sentía que era grato verla en movimiento, poblando la casa con aquel equilibrio redundante en su lado sensual, cargado de promesas inagotables. Cuando regresaba portando una graciosa bandeja con la tetera y dos tazas parecía una bella esclava oriental, seria y lozana.

—Bebe —le dijo y realizó una risueña inclinación para colocarle la taza en los labios.

Alcofrybas bebió seriamente, pues lo menos que deseaba era desairar el sentido de lo ceremonioso evocado por Mujer. Ella pidió más azúcar para su té y se retrajo, buscando con la espalda apoyo en la pared, y algún gesto impreciso mientras se acomodaba le hizo pensar a Alcofrybas que le gustaría pasar muchos años de su vida junto a aquella muchacha. Mujer, besando el líquido de su vaso, lo miró risueña y él creyó que le había adivinado el pensamiento. Recordó una frase que su memoria, sin mucho énfasis, atribuía a Isaac Bashevis Singer, el gran escritor judío: *En todo gran amor concurre una dosis de telepatía.* En momentos como aquel Alcofrybas se sentía en condiciones de componer un ensayo alrededor de la frase y era lo que hubiera hecho ahora, de no ser interrumpido por Mujer, que mostraba un libro de Octavio Paz.

Ninguno de los dos sabía de qué modo había llegado el libro a la casa, aunque una aparición de aquel tipo era siempre bienvenida. La muchacha, que lo estuvo consultando, dijo que la impresionaba la manera en que el poeta mexicano glosaba la historia de toda la América hispánica: nada más y nada menos que como una ultracentenaria porfía entre soledad y comunión. Alcofrybas, queriendo y no queriendo, se dejó llevar por la disertación de Paz en boca de

Mujer y al final tomó partido por un americanismo abstracto, metropolitano y algo pueril, según reconocía, pero más personal que aquel de tono angustioso y paisajístico, predominante en la propaganda de izquierda de todo el continente. Después aclaró que él no quería tapar el sol con su sombra, que creía conocer el tamaño de la angustia de esta América, pero que esa propia angustia había generado un opuesto como para tomar en cuenta. Más amigo del coloquio, disertó:

—Cuando por defender al indio, sin dudas masacrado, sumido en un desconcierto arrasador, asumimos esa solidaria primera persona y afirmamos que *nos* impusieron la cruz y la lengua, que alteraron nuestro ritmo ancestral con la invasión y la muerte, ¿no estamos negando nuestra porción de sangre europea y anulando por un plumazo de la fantasía la propia reunión (áspera, pero a la postre fértil) de tantas culturas? ¿No negamos —infantilmente— los sucesivos nacimientos habidos desde entonces? Lo contradictorio y también lo que hace de la nuestra una cultura de los infinitos recovecos es que al indio exterminado lo debemos defender con un automático remordimiento, porque en todo caso nuestro pecado original es haber venido a matarnos a nosotros mismos, o a matar primero y después nacer. A escala de los individuos resulta sencillo maldecir a aquellos europeos uno por uno, y sin embargo a escala cultural, después de que se diluyen las fisonomías, el color de los ojos que miraron el paisaje primero con asombro y después con hastío, con pesimismo, con rencor; el tono de la voz que ordenó la captura, la sumisión, tal vez la masacre, estamos de nuevo ante el misterio de lo múltiple, de lo contradictorio que se engendra, engendrándonos. He ahí una saludable cultura-medusa, me digo y pienso entonces con un poco de pesadumbre: ¿Por qué dejar que hable por mí el aborigen que nunca he sido?

Mujer lo escuchaba, recostada todavía a la pared y asintiendo levemente durante sus pausas. Solo cuando, cansados de leer y de buscar explicación para lo que aun no dominaban, se disponían a dormir, pusieron nuevamente su atención en la aparición en la casa del libro de Octavio Paz.

—En realidad no sé —comentó Mujer metiéndose en la cama—, alguien seguro lo habrá olvidado sobre la mesa de la cocina, donde esta mañana lo encontré.

Y quiso concluir la jornada con una frase del poeta:

—Cada uno dirá la palabra que merezca.

XVI

—Svieta nos ha invitado a ver una película —dijo Alcofry-bas y Mujer se quedó mirándolo.

—¿Qué película? —preguntó por fin—. Sabes que no me gusta mucho esa rusa —añadió luego.

Alcofrybas la besó. Se daba cuenta de que estaba como distraída, quizás molesta por alguna causa y el distanciamiento que adoptaba comenzaba a preocuparlo.

—Iremos de cualquier modo —aseguró entonces para restar importancia a la desidia de Mujer, pero ella siguió buscando obstáculos. Finalmente, pareció condescender a prestarle un poco de atención. Precisó:

—Salvo una, yo no amo las películas rusas.

Alcofrybas debía preguntar por la película agraciada por su simpatía, pero prefirió reiterar que irían a casa de Svieta. Mujer, persistente, comentó:

—La única película rusa que no me atrevo a olvidar es *La balada del soldado*. Dicen que estuvo prohibida, que en 1959, cuando se estrenó, ordenaron su confinación hasta tiempo después. Su director, Grigori Chujrai, debió sufrir algún escarnio por su fábula a favor de la inocencia, y la película no tuvo entonces la popularidad que se merecía. La más popular de aquella década fue *El don apacible*, de Serguéi Guerásimov, vista por 47 millones de espectadores. Me gusta la manera en que *La balada del soldado* se despoja del automatismo con que se vistió el cine bélico *made in USSR*, a pesar de su sinceridad desgarradora. Pero era, generalmente, un cine como en bloque, una estética de tarea de choque para mostrar, más que el horror de la guerra, el arrasador patriotismo de los rusos.

Alcofrybas se alegraba de la vuelta de la muchacha a la cordialidad, aunque tendría después otros motivos de preocupación. Pero de momento Mujer seguía hablando sobre *La balada del soldado*.

—Admiro su mezcla de esperanza y horror, la manera en que se atreve a un alto en la matanza y se vuelve historia de viaje, amor y angustia. Su lirismo provenzal más que eslavo, su ritmo triste, la forma tranquila en que resume el absurdo, la muerte de tantos.

Cuando calló parecía preocupada nuevamente. Era como si sus ojos miraran hacia adentro, hacia sí misma, dedujo Alcofrybas, quien, para ayudarla a olvidarse de lo que la molestaba, decidió seguir hablando sobre cine.

—¿Y no te gusta Eisenstein? —le preguntó.

Ella respondió de mala gana. Dijo que sí, que *El acorazado Potemkin* era como una escuela, que cada uno de sus cuadros parecía haber sido pensado con un sentido estricto de la dramaturgia, que ella veía la mente de Shakespeare en algunas de sus escenas, que nunca la grandilocuencia había hecho tanto por una película, pero así y todo era capaz de olvidarse de ella sin dolores de conciencia. De hecho, la olvidaba por etapas, como hacía con ciertos libros que uno sabe imprescindibles, y sin embargo no ansía releerlos.

—Es cuestión de carácter, supongo —explicó casi en un susurro—, las películas que más me impresionan son aquellas que se afilian a mi sentido de la vida, al tono de mis percepciones.

Alcofrybas sonrió, porque nunca se había detenido en aquella idea. Quizás ya la tenía asimilada, pero sin conciencia. Más relajado después, quiso divertir a Mujer.

—Svieta me ha contado un pasaje de la vida de Eisenstein, algo que parece extraído de una revista del corazón.

Mujer lo miró sin gran interés, pero no se negó a escucharlo. Él se le acercó. Fabuló:

—Ajeno a casi todo lo ruso, yo ignoraba que Serguéi Mijailovich Eisenstein era *gay*.

—Maricón —dijo Mujer—, rojo y maricón.

Y para mortificar a los más fundamentalistas de sus correligionarios se hacía llamar *Sir Gay*, siguió diciendo Alcofrybas. Así firmaba además los dibujos que hacía desde antes de ser el gran cineasta que es, y que publicaban las revistas de San Petersburgo. Dice Svieta que una tarde de 1923 en Moscú Eisenstein entró a un baño público con dolores de estómago. Sentado en la silla turca, entre un espasmo y otro, vio llegar a un joven cuyo gorro de invierno remedaba atrevidamente el de los antiguos soldados del zar. El extravagante se dirigió a los urinarios. La felpa de su abrigo estaba cubierta por una nieve minúscula y el crujir de las botas sobre el piso desnudo le causó a Eisenstein una sensación placentera, que terminó por hacerle olvidar su malestar. Permaneció otro rato en cuclillas, observando al mozo, tratando de divisar el saurio que se vaciaba sobre el blanco hediondo del urinario, pero el ángulo del ojo le impedía la vista. Se inclinó disimuladamente en procura de otra perspectiva. El joven, al tanto ya de sus maniobras, se ladeó todo lo necesario para exhibir el animal que seguía inalterable, soltando su líquido. Eisenstein comprobó que se trataba de un miembro robusto y lo alegró pensar en sus dimensiones cuando se tensara del todo. No había visto muchos como aquel; estaba convencido de que, genéricamente, la pica eslava no alcanzaba el esplendor, por ejemplo, de la latina, o de la sajona, para no hablar de lo que había escuchado sobre la africana. Resultaban rarísimos los africanos en Rusia, pero se decían cosas. Conocido era, sin ir más lejos, el caso de Pushkin, cuyo árbol genealógico había sido injertado con una rama etíope. Gracias, pues, a su bisabuelo, siervo y amigo de Pedro el Grande, Pushkin, el increíble poeta, el reformador de la vasta lengua rusa, disponía, a pesar de su baja estatura, de un arriete alabado en los salones de San Petersburgo hasta poco antes de su muerte, en 1837. Era irresistible, aseguraban las rollizas damas de la corte, aquella mezcla de gestos afeminados y una hombría superlativa que él usaba a conciencia, desbocado y cariñoso. Eisenstein hubiera amado a Pushkin con una devoción superior a la de todas sus mujeres juntas.

Se incorporó, se limpió como pudo y se quedó inmóvil, sin saber qué más hacer de momento. El mozo terminó de orinar, se sacudió exageradamente y escondió su trofeo con mirada burlona.

Salió.

Caminaba despreocupado y Eisenstein, sonámbulo, lo seguía. Llegaron a la calle Tverskaia, una de las más amplias avenidas de la ciudad en aquel tiempo en que Moscú sobrepasaba con trabajo los cinco pisos como promedio y avanzaron en silencio, uno detrás del otro, despacio, sobre un surco de nieve pulimentada por el constante paso. Un airecillo intermitente les echaba a la cara finísimos copos y Eisenstein se cubría los ojos con un guante que usaba a modo de pañuelo. El gorro del mancebo atraía las miradas de la gente al cruzarse con ellos. A la entrada de una tienda de ropa invernal una mujer, como si le fuera en el acto el honor de alguien, escupió y dijo: «¡Desvergonzados!». Al mancebo lo divertía la actitud de quienes reaccionaban con enojo ante su gorro zaristoide, y elevaba el mentón en una pose de comedia del arte. Al rato se le vio torcer por una callejuela sin mucha prosapia y penetró en un edificio de color amarillo gastado, seguido por el artista. Abrió una puerta y comenzó a descalzarse. Eisenstein lo imitó. Se despojaron además de los sobretodos, pero el mozo mantuvo el gorro sobre su cabeza. Avanzaron en pantuflas por una alfombra achacosa e ingresaron en una habitación donde esperaba una mujer cercana a la media vida, con un maquillaje intenso y mirada de donna.

Dijo el joven:

—Aquí estoy, madame.

—Bien —aceptó la donna—, comiencen.

Serguéi Eisenstein retrocedió, sorprendido. El mozo, temiendo su fuga, le cerró el paso; la mujer sonrió.

El efebo se quitó la camisa con exagerada marcialidad y sus gestos y el olor oscuro de quien no se ha bañado en una semana comenzaron a tranquilizar a Eisenstein. Mirándolo después sacarse una camiseta ennegrecida por el sudor y el tiempo pensó que no le importaba demasiado la presencia de la vieja dama, y cuando el mozo se le encaró, autoritario, comprendió que le correspondía quedarse desnudo.

Svieta supone que Eisenstein deseó en aquel momento poseer unos senos carnosos, con los que comprobar la humedad de la lengua del efebo. De todos modos, se dejó abrazar, derribar después sobre la alfombra y besar por el mozo que lo trató al principio con una delicadeza inesperada, mientras la donna, inclinada sobre ellos, suspiraba profundamente.

El mozo quería penetrarlo de frente, por lo cual se empeñaba en levantarle las piernas y sentarse sobre él, pero la donna exigía un espectáculo al modo clásico. Entonces Eisenstein, a quien divertía la imitación del gorro zarista aún en la cabeza del seductor, lo besó y dijo «está bien, no importa», antes de ofrecérsele de espaldas y dejarlo que se frotara sobre sus nalgas pálidas, que lo tomara por la cintura y lo vapuleara con su ruda pica, creyendo en el segundo del encumbramiento que se trataba en realidad de un enemigo, no de un amante. Soltó el mozo un alarido opaco y comenzó a estremecerse, y Eisenstein, que también se vaciaba, se sorprendió de ver a la donna arrancarse la ropa con una prisa repentina y lanzarse sobre ellos. Cuando haló al efebo para apropiárselo, comprendió el artista que la dama era un hombre gordo y lampiño, de perfiladas caderas y voz de tenor, que ahora sólo pedía ser apuñaleado. Para complacerlo, el mozo, que actuaba con un automatismo misterioso, lo hizo ponerse de pie y entonces el hombre, ya de espaldas, inclinado, separó, con fuerza los hemisferios que ocultaban la entrada al laberinto y le ordenó: *Haz pasar al camello por el ojo de la aguja.* El mozo se colocó en posición y llamó a la puerta angosta con la cabeza inflamada del saurio. El hombre tomó aire, como si se aprestara a saltar al agua. Presionó el mozo, todavía en juego y el hombre se enojó: *¡Dale!*, dijo mientras volvía a despejar la boca de la cueva. El efebo se rió. Arqueado hacia atrás, con el gorro corrido por tanta maniobra, dio inicio a la operación. Entró en el laberinto con una parsimonia que contrastaba con el modo en que se retorcía el hombre, abultando la boca, insistiendo en mirar por sobre sus hombros lo que le estaba sucediendo.

Eisenstein, de frente a la nueva pareja, observó mientras se vestía el largo desmesurado de los testículos de lo que había sido la donna.

En la calle nevaba todavía. Ya estaba oscuro, a pesar de que eran, acaso, las cinco de la tarde; una oscuridad rojiza que contrastaba con la palidez de la nieve. Un cochero que se frotaba las manos con insistencia le ofreció llevarlo, pero él prefería seguir solo. El frío no era demasiado y andar le ayudaría a pensar con sosiego. Desembocó en la Tverskaia y caminó hacia el norte, alejándose del Kremlin. En unos minutos divisó la estatua de Pushkin en la plaza que le consagró el pueblo de Moscú en 1880, con farolas de bronce que ahora apenas podían sacar a respirar sus luces bajo los turbantes de nieve. Se detuvo a la sombra del genio mujeriego y refinado, a quien algunos reprocharon su apego a la monarquía, a pesar de sus destierros y de sus encendidos versos patrióticos. La estatua ostentaba una cuarteta en la que Pushkin se anunciaba la inmortalidad. [9] Einsenstein leyó los versos y le hizo una reverencia al bardo. Después le dio la espalda y se alejó

[9] Se trata en realidad de parte de un poema encontrado entre los manuscritos de Pushkin, tras su duelo mortal. El poema se titula *Exeqi monumentum* y la cuarteta dice así: *Y por siglos moraré en la gratitud del pueblo, / Pues supe con mi lira magnificar el bien, / Pues en mi era cruel canté a los hombres libres / y a los muertos lloré.* En los años de Universidad yo comparaba esta idea de Alexandr Sergueievich Pushkin (1799—1837) con el final de la oda «Niágara», donde José María Heredia (1803—1839) apunta: *Y al abismarse Febo en Occidente, / Feliz yo vuelva do el Señor me llama, / Y al escuchar los ecos de mi fama, / Alce en las nubes la radiosa frente.* Entonces me parecía que era el espíritu del siglo o el carácter de dos genios que, obligados a fundar, vivieron simultáneamente y murieron casi con la misma edad, pero poco después comprendí que se trataba de un pensamiento arquetípico, rayano en la paranoia, que ha mortificado a todos los artistas por igual, incluso a aquellos que lo niegan: la necesidad de construirse una estela de posteridad. Ahora bien, la posteridad, ¿cuánto dura?

despacio, disfrutando el crujir de la nieve fresca bajo las suelas. Siguió por la Tverskaia y en la esquina una brisa de soslayo transportó hacia él un olor a carbón de piedra en el cual venía de antemano el recuerdo de su niñez allá en Riga. Sonrió y el sorpresivo optimismo que le regalaba el aroma de la hulla le hizo suponer que era el momento de redondear su segunda película. Se basaba en un episodio real, la rebelión a bordo de una nave de guerra, casi veinte años atrás, en Odessa. Habiendo concebido ya algunas escenas, Einsenstein se sentía capaz de enfocarlo de una forma auténtica, teatral quizás, shakespeareana, para ser exacto. Su mente aún no había terminado de moldear una especie de alusión, cuyo centro era un cochecito para bebés. Todavía no se trataba de una imagen consciente. Tendría que devanarla y hacerla visible, estremecedora, fronteriza con el patetismo, se dijo, ahora satisfecho. Si lograba concretarla, si por fin se atrevía a filmar el coche escapando por la imponente escalinata de Odessa, llamaría para el papel de la madre que ve cómo las escaleras le llevan a su hijo bajo las balas a Beatrice Vitoldi. Ya había hablado con Nina Agadzhanova para que lo ayudara a escribir el guión. Se disponía a entrar a un café cuando le volvieron los dolores de estómago.

Mujer apenas sonrió cuando Alcofrybas dio por terminado el relato. Más bien hizo una mueca y le pidió por última vez que desistiera de ver aquella película en casa de la rusa, a fin de cuentas es casi imposible llegar hasta Pueblo Grifo a esta hora en que todo el mundo se pone a migrar hacia las afueras, agregó, pero Alcofrybas se tiró a fondo en un ruego para convencerla que le dio la victoria. Ella, no obstante, iba silenciosa, arrastrando los pies, como ajena a que se trataba de un paseo en común.

Svieta los esperaba con un té de La India recién llegado a sus manos y algunos invitados más. Sirvió el té y unas galletas acabadas de hornear que crujían en la boca con un entusiasmo garantizado por el ajonjolí que las salpicaba. Cuando la anfitriona anunció que verían la última película de Nikita Mijalkov, Alcofrybas miró a Mujer como pidiéndole una tregua. Esperaba que ella tuviera la amabilidad de adivinar, una vez más, su ignorancia casi intacta sobre las cosas rusas, y le quisiera ir susurrando detalles, cualquier información capaz de mantener en vela su interés, así fuera de modo provisional. Sin embargo, Mujer estaba y no estaba en la sala compartida por cubanos y rusos, en espera de la parte principal de la ceremonia, iniciada ya con el té y las bulliciosas galletas. Antes de que Svieta apagara la luz para prender el video, volvió Alcofrybas a preguntarse qué le ocurría a la muchacha y comenzó a alarmarse seriamente. La observó de perfil, como una mañana en que estaban frente a la bahía y ella se dejaba enamorar, risueña y orgullosa. El contraste entre las dos imágenes, la pretérita y esta discontinua de ahora, le causó ansiedad. Está triste, dictaminó, pero no quiso aclararse la causa. Después, cuando la luz se desvanecía, notó como su rostro fue quedando atrapado en un tono ocre, fantasioso, del cual no parecía posible que proviniera ningún peligro. Mujer no era bella de un modo convencional. Digamos que *emitía* su belleza y aquélla interactuaba inevitablemente con quienes la rodeaban. A tono con esa nobleza, no he querido rebajarla a una descripción puramente física, salvo en lo que ella misma ha contado. De Eucaris puede hablarse en términos de anatomía: sobre su pelo cobrizo, su espalda de danzarina, sus senos *bite-size,* pero de Mujer no. Es su manera de impresionar a los demás, incluido el narrador, lo que de verdad cuenta.

Alcofrybas se calmó.

La película tenía un título que bien podía ser traducido como *Ojos negros* y era, en propiedad, una fina tergiversación de los cuentos de Antón Chejov. Svieta se empeñaba en mostrarla como se hace con un hijo, de una buena vez y sin mucha autorización para disentir. Pero se trataba, realmente, de una historia de amor bien desarrollada, llena de tensiones y tristezas, de miedosas recaídas, que, como si fuera poco, tenían la garantía de exhibir a Marcelo Mastroianni como protagonista. Eran tan sutiles sus alusiones, tan creíbles sus símbolos, que se amoldaban a presupuestos colocados más allá de su argumento amoroso. Emocionada, Svieta se atrevería enseguida a tomar para calificarla una frase que ya el consenso había otorgado a *Evguenii Oneguin*, la famosa novela en versos de Pushkin. *Es una enciclopedia de la vida rusa*, diría, ensayando a igualar dos estéticas —la de Pushkin y la de Nikita Mijalkov— separadas por casi doscientos años, reformulando para el presente de su país la contundente sentencia.

Alcofrybas disfrutó la película. Salvo dos o tres ocasiones en que ladeó la cabeza para comprobar que Mujer probablemente no atendiera a lo que ocurría en la pantalla, logró concentrarse y asentía al final, cuando se deshizo el ensalmo de *Ojos negros* y la sala de Svieta recobró su dimensión intrascendente. Buena, buena, afirmaba Alcofrybas complacido y daba gracias a la rusa. Mujer en cambio seguía igual, actuaba como si no hubiera acabado de vivir la experiencia incesante del cine, ese acto de *voyeurismo* extremo, según nos invita a pensar Paul Valery. Y cuando, entusiasmado por los probables destinos de las almas rusas, metaforizados sin el lastre de moralidad que doblega a tantos otros amagos artísticos, quiso intercambiar algunas ideas con la muchacha, ella lo miró extrañada, y le confesó que no recordaba haber visto escenas como las mencionadas por él . Alcofrybas sonrió y dijo:

—Y entonces, ¿qué has visto?

Mujer se turbó. No me hagas caso, le aclaró, pues a veces un estado de ánimo parecido se posa en mis cercanías y logra inutilizarme para pensar y casi para sentir. Alcofrybas insistió (intuyendo, probablemente, que no tendría muchas oportunidades más, que Mujer, acaso, comenzaba a distanciarse de él y aquellas reservas eran un signo de su alejamiento).

—No comprendo, pero yo he visto otra película —quiso excusarse Mujer—. Las escenas que acabo de ver no son las que tú comentas.

Y le confesó, ya en la calle, que quizás todo se debiera a una exaltación que padecía desde esa mañana, a veces me exalto por cualquier motivo y deliro sin fiebre, se atrevió a bromear, mientras por primera ocasión en el día se prendía de un brazo de Alcofrybas y caminaba con la vista baja, risueña.

—Está bien —aceptó al poco rato, acatando el empecinamiento del muchacho —, esto fue lo que yo vi:

Ah, la piedad

Caminaba apoyando los ojos en las piedras del camino. Llevaba la cabeza llena de agua y el agua era tanta que le salía en bruscos pensamientos, en descomunales deseos de bebérsela y hasta en los dolores de espalda que empezó a sentir al segundo día de marcha. Quería lamentarse y no encontraba otra frase que «agua, agua, agua». Quería morirse, pero lo frenaba el terror a morir de sed.

Sin entender cómo, pero sin asombrarse, se vio de pronto caminando por un desierto diferente a cualquier otro, porque este de él era frío; ardiente pero frío y cubierto de lado a lado por unas nubes cansadas como mujeres gordas. Por eso cuando reventó la tormenta, ya él no tenía lugar en el cerebro para el agua real, y siguió arrastrando por la arena su sed y su cansancio y también una sarta de lamentos y algunas lágrimas de arrepentimiento. Y como el desierto —esto lo había intuido de una forma muy vaga— iba a resultarle infinito, no podría dentro de tantas horas reconocer al pez que lo observó con un ojo turbio cuando él se dejó caer sobre la arena mojada.

—Usted por lo menos lo sabía —le dijo el pez sin rodeos.

—Pero no podía imaginar que fuera ahora —se sacó él las palabras antes de que fuera tarde y, como había creído que el pez era un caballo, se asió violentamente a las brillantes crines.

—Usted por lo menos no está solo —dijo el pez sin hacer caso, porque su primera intención no era entablar diálogo, sino mortificar.

—¿Y quién me sigue, a no ser el abandono? —volvió a preguntar él, acomodándose ya en busca de buena postura.

—Usted por lo menos es un hombre —replicó el caballo y comenzó a marcar en la arena unas herraduras transparentes.

Él se sujetó como pudo a una aleta, se tragó como pudo un miedo acuoso y pugnó por morirse en el trayecto. Pero la muerte se le quedó en el sueño y el pez tuvo que removerlo varias veces, ya al otro extremo de las horas. Él no despertó. Entonces el pez lo elevó sobre su cabeza, cobró una bocanada de lluvia y lo lanzó con fuerza sobre las dunas.

—Usted por lo menos ve más lejos —le dijo enseguida, porque ahora sabía que estaba despierto.

—Pero las más de las veces confundo las líneas y al final no sé qué hacer con el amasijo de imágenes que se me forma —le contestó él, preocupado.

—Usted por lo menos puede confundirse —dijo el pez suspirando.

—Ahora mismo te estoy confundiendo con un pez enorme.

—Soy un pez de gran porte.

—Ayer creía que eras un caballo.

—Caballo soy desde que ando el mundo —dijo el pez y le esculpió en la espalda una patada amplísima.

Él enfiló un horizonte cualquiera, tratando de olvidar pronto al caballo. Anduvo un día, después otros dos bajo la lluvia y al tercero —que en su cuenta era el séptimo— cayó sin conocimiento en una hondonada a medio cubrir por el agua, pero el impulso de la proyección le alcanzó todavía para ovillarse como un feto porque había tenido tiempo antes de cerrar los ojos de confundir aquel sitio con un vientre cálido. Pero como la sed se había obstinado en seguirlo a todas partes, aprovechó ahora para manifestarse en el duermevela y lo obligó a pensar en un arroyo que adornaba una montaña, y lo obligó a sentir el fresco del arroyo, y lo hizo abrir la boca y aspirar en desorden toda el agua que le cupo en el estómago y en la cabeza, hasta que no le cupo más agua y comenzó asqueado a vomitarla por la nariz, mas como el agua le seguía penetrando por la boca, nació en su cuerpo una corriente ahora sobria que circulaba sin obstáculo de la boca al estómago, a la cabeza y luego a la nariz para ser expulsada nuevamente y otra vez entrarle por la boca. Estuvo así nueve días —que en su cuenta fueron meses— y, a punto de morirse de verdad, apareció el pez que pudo sacarlo, con mucho trabajo, del agua del pantano.

—Usted por lo menos iba a morirse —le dijo el pez, pero él escuchó apenas un relincho triste y se incorporó para acariciar al caballo.

En ese momento pasó una estrella sobre el desierto mojado y ellos se palmearon las espaldas por instinto. Basándose en el vuelo de la estrella, él creyó que el pez era su amigo y sacó un trozo de pan para dividirlo. Pero el pez le propinó en la mano un coletazo y el pan voló destrozado.

—Usted dijo ser un hombre.

—No le puedo asegurar —respondió él porque no recordaba haberlo dicho y tampoco recordaba ahora ser un hombre.

Entonces el pez sacó una pelota y un anillo, sonrió confiado y explicó:

—Jugaremos todo el día. El que pueda vencer deberá someterse. El perdedor lo obtiene todo— y metió la pelota por el anillo.

Jugaron tres días sin parar, y al anochecer del tercero ninguno había logrado vencer. Él estaba cansado, pero el pez lo estaba el doble. Él ahora no quería perder. El pez, como adivinando, le propuso:

—Usted debe rendirse.

—Soy un hombre —respondió él—, ahora sé que soy un hombre.

—Un hombre solo no es un hombre —se rió el pez.

—Un hombre no está solo mientras piense —dijo él y ganó.

Enseguida el pez comenzó a gritar y a revolcarse en la arena, porque mientras jugaban había cesado la lluvia. Él no lo miró. Tiró la pelota bien lejos y subió al caballo.

—Debo apurarme —repetía asido a las brillantes crines.

XVII

·

Por más que lo pareciera, Alcofrybas no había logrado reconciliarse con la idea de que solo la muerte evitó que su padre cometiera un suicidio. En momentos de soledad lo visitaba un estado de pesimismo y de culpa, y entonces podía pasar todo un día batallando con su conciencia. Encallado en aquellos pensamientos, tropezó por fin con una antología de poetas suicidas. Tan ilustre reincidencia le mostraba la posibilidad de un consuelo, de saber, al cabo de manosear el tomito, que el misterio de la muerte sigue siendo insobornable, y nadie tiene autorización para decir que comprende a un suicida.

Alcofrybas hojeaba el poemario, pero los versos iban a otro sitio; vagaban de imagen a verbo, nada se concentraba en aquello que pudo haber suscitado el fin, al menos a él se le ocultaba la única clave que hubiera seguido con interés. Y terminó por decirse que para reunir en un libro a los suicidas debían escogerse sus versos más duros, palabras sin fondo, sin la decencia de la fe, irrespetuosos trenos sobre sí mismos. De lo contrario, daba igual antologar a los poetas suicidas que a los poetas zurdos; a los poetas *gays*, a los machos, a poetas de Sicilia o de Harlem, a poetas católicos, a poetas invidentes, pielesrojas, a poetas eróticos, a poetas placeteños (una antología con el título pueril de *Bajo el laurel luminoso* [Editorial Capiro, 2001]),

118

a poetas de izquierda, a poetas uruguayos, de lenguas muertas, a poetas borrachos, fascistas, esclavos gustosos de la rima, épicos por decreto, románticos por desgracia o defensores de la fauna. Todas las antologías de poetas suicidas que logró consultar desde entonces se limitaban a ser una noticia sobre la gran fatalidad de no soportar la vida. Ninguna iba más allá, ni contenía el legado de un consuelo retroactivo,

> [—Pero lo peor de todo —dijo el señor Power— es el hombre que se quita la vida. Martin Cunningham sacó el reloj con vivacidad, tosió y lo volvió a guardar.
> —La mayor deshonra que cabe en la familia —añadió el señor Power.
> —Locura momentánea, por supuesto —dijo Martin Cunningham—. Hay que mirarlo desde un punto de vista caritativo.
> —Dicen que quien hace eso es un cobarde —dijo el señor Dedalus.
>
> *Ulysses*, James Joyce.].

Alcofrybas recordó a Pascal.

Nadie, salvo los muertos,
posee el derecho
de dar explicaciones
sobre la batalla,

tenía dicho el francés, una sentencia que, puesta a colgar sobre quienes llevaban a pastar su interés bibliográfico a casa de los suicidas, terminaba desacreditándolos. Qué hay después de la curiosidad de esos antologadores, pensó, qué rasgo cuando tornan a sus hijos, a sus pequeños honorarios, los hermana con los poetas acabados por sí mismos, y qué razón aparte de los datos, de probar su erudición desde el lunetario. Mi padre, ¿se antologaría a sí mismo? ¿Querrían por ventura los muertos verse juntos así, como en una colección de tarjetas postales?

Estaba, sin darse cuenta, en la vecindad de Freud, por lo que se dio, días después, a consultarlo sobre el particular. El genio de Viena había dicho que todo lo que hace el artista es huir hacia su talento, escapar de lo palpable hacia la otra realidad, aquella edificada por él mismo cuando se hace próximo de lo sublime, y que se llama *obra, trabajo,* como los trabajos de Dios. Mas nadie, a menos que sea un loco, tiene el don de permanecer en sus abstracciones, y en ese ir y venir del arte a las horas contables, los poetas se desgastan, se amargan, dudan, sienten un vacío metálico en sus pechos, despiertan empapados en un miedo que nadie ha sabido nombrar, se van por entre la gente como animales recién heridos, encallan en alegrías momentáneas que pueden dejarlos más asqueados, gritan de pavor y de impotencia, pues los poetas son eso: locos frustrados.

Alcofrybas se preguntó: ¿Los poetas se suicidan camino a la ilusión o de vuelta de ella?

Contradictoriamente, de todos los personajes de esta novela, el primero con alguna tendencia demostrable al suicidio no es un poeta, en el sentido más común de la palabra: es El Figura. Sin embargo, no estés convencido(a) de que lo hará. Puede que sí, y puede que no. Y no significa que yo vaya, puerilmente, a jugar con tu inteligencia. Se trata de que una novela no debe permanecer en esa dimensión en la cual puedas estar seguro(a) de que todo es precisamente eso: ficción. Tengo ante mí varias recetas para escribirlas, aunque no pienso exponerlas todas para evitar desconfianzas. Veo una de Umberto Eco; otra, tentadora, de Lev Tolstoi, el Rey del País de la Novela y otra, antiséptica, donde Honoré de Balzac alude a la abstinencia sexual como prefacio de las grandes creaciones. [10] En la siguiente Jorge Luis Borges, tan refractario a escribirlas, dice que en la novela, opuestamente al cuento, deben prevalecer los caracteres —es decir, los personajes— sobre la anécdota, y que el autor se hace presente de un modo inequívoco, tan intensamente casi como cuando escribe su biografía. ¿Exagera Borges? Con toda probabilidad, pero me gustaría experimentar ese atrevimiento suyo y dejar, por ejemplo, que tu mente bosqueje algo de lo que me pertenece como individuo, porque, a decir verdad, solo los falsos novelistas redactan novelas que se quedan en ellas mismas.

Entonces,

¿SE SUICIDARÁ EL FIGURA?

—Me voy en un mes, dos con mucha mala suerte —dijo El Figura a la entrada de la primavera y su mano descendió sobre la espalda de Alcofrybas familiarmente.

—Te vas...—respondió el muchacho por decir algo y al poco rato, cuando lo hubo pensado mejor, añadió:

—Llegué a suponer que no te irías.

—De eso nada, man —replicó el gordo—, que esto se me estaba reduciendo por falta de Bacardí— y se tocó la barriga.

Después predijo, con su gruesa locuacidad, lo que le sucedería en el porvenir: *Voy a trabajar con mi hermano, en un negocio de rastras, cerca de Hialeah. Manejaré una*

[10] *Chaque femme avec laquelle on couche est un roman qu'on n'écrit pas*, asevera.

Kenworth, *que tiene un motor endiablado y me dejará tanta plata que en un año podré reclamar a Eucaris. Y después vendremos de visita y usted y yo nos vamos a desafiar a beber ron, a ver quien gana. Y aunque pierda usted lo voy a invitar a una comida que se chupará los dedos, man, y aunque ahora se le eche a perder el bisne de los pollos, usted se va a acordar de su amigo El Figura.*

Guardó silencio. Ahora estaba serio. Miró filialmente a Alcofrybas y suplicó:

—Pero necesito un favor, man. Me hace falta un favor que te agradeceré toda la vida.

—Lo que tú quieras.

—Es un libro, un libro que me protege y que se me ha perdido. Sin él no me voy para ninguna parte.

—A ver, cuál libro.

—*El monte*, man, de Lydia Cabrera.

Alcofrybas sonrió. *Descuida, Figura,* le dijo, *que yo tengo ese talismán.* Después, cuando ya el tiempo y otros asuntos habían perjudicado su amistad con el gordo, Alcofrybas recordaría la expresión de su rostro al recibir el libro. Era una mirada infantil, que parecía haberse despojado de toda experiencia anterior, mala o buena y solo asistía al bautismo de *El monte*, como quien mete su mano en la del padre. *Ahora puedo irme*, había asegurado El Figura, *y comerme el mundo con sus siete mares, y mandar por Eucaris lo antes posible.* Sin embargo, sintió vergüenza aquella vez de hablarle con exactitud al amigo, de confesarle que quería *El monte* para mutilarlo, pues su verdadero resguardo, según le reveló su padrino, era el canto del pavo real que aparece en la página 180 de la edición que le consiguió Alcofrybas.

Pavo real ta bucá palo
pa pará bien, bien, bien.

Ya pará rriba jagüey,
dice jagüey ta chiquito
pa pará bien, bien, bien.
Pavo real tá bucá palo...
Ya pará rriba téngüe,
dice téngüe tá chiquito
pa pará bien, bien, bien.
Ya pará rriba Nangüe,
Nangüe tá bueno...
pa pará bien, bien, bien.

Arriba de Nangüe, de la ceiba reina, el pavorreal se siente bien. No admite otro pedestal para su orgullo, dice el canto del negro que El Figura debía arrancar de *El monte* y echárselo en un bolsillo, y cuidar de que no se le extraviara. Con él encima no necesitaba preocuparse de ninguna otra cosa.

De momento, sin embargo, Alcofrybas estaba triste. Debía ser una mezcla de sentimientos, pensó, varias sensaciones actuando a coro sobre mí, la frialdad de Mujer, sus repentinas alucinaciones, si es que no finge, la partida inminente del Figura, y mi carácter.

Vendió los pollos aquel día trabajosamente, como quien comercia con su propia desidia. De algo le valió la lentitud; al menos tenía tiempo para buscar un sosiego que se le comenzaba a esconder, a jugarle bromas impensadas desde poco antes de la función de cine en casa de la rusa. A solas consigo, cuidando de que no fueran a sorprenderlo los mudos, quienes habían vuelto a arreciar en sus amenazas, calibraba su pesimismo y sentía que aún no era grave, si bien algo denso e ininteligible como el discurso de un hombre dormido, lo rondaba. Recordó a su padre y le rogó mentalmente que lo protegiera. Esta idea comenzó a suavizarlo, le infundió la creencia de que si su padre era capaz de interceder por él (ya lo pensaba así, ya podía, a pesar de otros remordimientos, entender que su padre le asentía desde otro plano), como el canto del pavo real lo haría por El Figura, entonces estaría a salvo. Eran la poesía, Mujer y ahora su padre los que, en momentos como aquél, le quitaban las preocupaciones, imaginó. Y se le fueron las horas en pensar y en proponer su mercancía casi por reflejo, hasta que se encontró al atardecer, solo, en un banco del parque Villuendas. *De aquí a Pueblo Grifo ya no es tan lejos,* pensó evocando a Svieta, con repentino impulso por visitarla, pero enseguida se dijo que mejor se iba derecho a casa, pues Mujer lo esperaba, y no quería ocasionarle preocupaciones.

La claridad deshecha sobre los árboles de hojas estáticas le hizo recordar los cuadros de Carlos Enríquez, de una opacidad dolorosa, culpable, y una premonición le ordenó levantarse y andar antes de que oscureciera sin remedio.

Entró a la casa dispuesto a ser delicado con Mujer, a tratar de mantener la cercanía que los había hecho ser como eran, y la llamó desde la sala, pero ella no respondió.

Volvió a llamarla.

Habrá salido, razonó.

Quizás se oculta, agregó luego, quiere que la busque, se propone asustarme, sonrió con una especie de entusiasmo conservador, mirando en los rincones, debajo de la cama, en el baño, hasta convencerse de que Mujer no estaba, tras lo cual se dio una ducha, cogió un libro y se puso a esperarla.

Estuvo leyendo mientras no lo dominó el cansancio.

Se fue quedando dormido y antes de perderse totalmente en la inconsciencia recordó la versión de Mujer sobre la película que les mostró la rusa. Daba una rara impresión la muchacha mientras le confesaba que había visto lo que nadie, aquel lote de símbolos tan primitivos, como sacados del *Popol Vuh*. ¿Trataba de engañarlo? ¿Tuvo verdaderamente la visión que contó?

Despertó molesto por algo impreciso, pero se dio cuenta de que era el hecho de sentirse involucrado en un gran silencio lo que lo desconcertaba. Debe ser tardísimo, media madrugada, alcanzó a calcular, y yo solo todavía. Con resignación esperó el amanecer, pues imaginaba que la mañana podía devolverle a Mujer, sonriente como el rocío de la hora temprana.

Pero el alba no la trajo.

La tarde tampoco; la tarde apenas provocó que Alcofrybas se fuera a la ciudad a ver si la veía, a preguntarle a los amigos, a buscarla en los sitios que le aconsejaba la costumbre y en aquellos que no: en los parques, en algunas casas y en el apagón de siempre, del cual ella, igualmente, se ausentaba. Alcofrybas quería repasar el día de ayer, las vísperas que hubieran podido conformar la huída, mas carecía de otro indicio que no fuera la ambigüedad de Mujer y su empeño en ver lo que nadie vio en casa de la rusa.

XVIII

De extraña manera, el desgarramiento por haber perdido a Mujer se transformaba en Alcofrybas en poesía, pero no eran versos de amor lo que estaba escribiendo, sino extensos poemas sobre la vida y la infancia, a propósito existencialistas, pero de un existencialismo equilibrado, lúcido.

Hay poetas que, maduros, dan la impresión de que nunca alcanzarán la madurez, y eso llega a barnizarlos de una falsedad irresistible. Son poetas dispuestos a emocionarse ante sus propios versos y así escriben: versos que glosan la emoción de otros versos precedentes. Alcofrybas temía estarse convirtiendo en uno de ellos.

La duda, sin embargo, no le prohibía el empeño por escribir. Comenzó a pensar en un libro que, escrito para Mujer, fuera y no fuera un poemario de amor. *Ya veremos cómo actúas cuando sepas que te he dedicado el libro*, murmuró, rodeado por oleadas de un entusiasmo sin gran futuro. No conseguía explicarse aún dónde estaba Mujer, qué sitio había buscado para desaparecérsele sin rastro. La angustia y el asombro convivían con su necesidad de poetizar, y después de la abstracción de cada día se ponía a analizar su soledad con mayor detenimiento, y reconocía que le daba miedo.

Contradictoriamente, todo lo que recordaría después de aquella etapa en que sometió a depredación tantos y tantos libros sería —aparte de sus propios poemas— una frase de Goethe que lo impresionó por la manera en que concertaba los asombrados animales de su intelecto:

THE JOY OF LIFE DARKENS MY SPIRIT [11]

Hastiado de sentirse abandonado de esa manera en la cual se reconocen el dolor y las poses de héroe, detuvo un día la escritura de su libro y se fue a la calle. Seleccionó en el Prado un asiento de sombra frente a la librería y se sentó al revés, con los codos apoyados en el espaldar, y se entretuvo en mirar los carros que pasan por allí a velocidad considerable, sin importarles demasiado la gente numerosa atravesando la vía. Deseaba suponer que no le ocurría nada. Con gusto hubiera vuelto a modelar un destino donde la constante fuera Mujer y él junto a ella. Notaba que todo lo demás podía resultarle indiferente: la tarde con sus colores de lujo aquel día y sus muchachas como acabadas de pintar sobre el resplandor de las aceras, el mar hablándole de una cercanía tramposa, para la cual no le quedaban ya fuerzas y los ruidos de la ciudad en la que, de estar Mujer, hubiera notado una invitación a los atrevimientos.

Al rato sintió deseos de marcharse.

Se puso de pie y dio unos pasos para despabilarse y se dijo mordazmente que no hay vida más fría que la vida de los solitarios, pero entonces lo atrajo una sombra, un objeto, una bicicleta refulgente que, en la esquina, se incorporaba

---

[11] La frase, en propiedad un mínimo poema, aparece en *Fifty one neglected lyrics*, New York, 1939. Tom Boggs, editor del libro, asegura que todo lo allí recogido fue escrito originalmente en inglés.

al Prado. Alcofrybas distinguió que la ocupaban dos personas, y se fijó en el conductor y le notó cara de extranjero, y le descubrió la ropa y los zapatos de extranjero y comprendió que, a propósito, la muchacha de atrás vestía como visten las jóvenes amantes de los extranjeros. Adiós, le dijo Crosandra levantando una cosa, un libro, el cuaderno de Octavio Paz que él y Mujer leyeron una noche que ya se le antojaba remota, sin acordarse de dónde había salido.

Retornó al banco desde donde había estado mirando los carros que pasan en busca del malecón, pero ahora no sabía qué hacer. Se sentía angustiado, molesto. *Me siento como si Mujer se hubiera perdido ayer mismo,* comenzó a pensar. *Siempre sospeché que era yo el culpable, pero solo ahora lo compruebo y el motivo resulta el menos elegante, el que menos oportunidades me concede. Por qué quiso Crosandra olvidar ese libro en mi casa, por qué fue a recogerlo después, a contarle a Mujer sobre mi percance con ella.* Tomó una decisión: tenía que hablarle a Mujer, era preciso encontrarla; mucho más: convencerla. Pensando en ello permaneció en el Prado hasta el atardecer. Mujer no es volátil se empecinaba, debe aparecer puesto que se encuentra en Cienfuegos, ella misma ha confesado su adicción a la ciudad y no es probable que hallara la manera de matar esa dependencia. Dejarme a mi no es dejar a la ciudad, insistió y se puso a esperar que de un momento a otro le pasara por enfrente.

Pero Mujer no aparecía y Alcofrybas se decidió a caminar tras una huella inventada. Resolvió, en broma y en serio, que sería capaz de ir develando su rastro a medida que avanzaba y se fue del Prado deslizándose por un presentimiento sin pulir, hacia cualquier bocacalle, como le gustaba hacer en sus antiguos paseos al lado de la fugitiva.

—Mira Mariana —rugía el hombre, sentado en un banco, con una botella a medio vaciar—, yo no sé cómo sigo contigo; no sé cómo no te mando ahora mismo para los mil demonios.

Mariana callaba, observándolo discreta, sin ofenderse.

—Porque ya no me interesas ni desnuda, ni para eso que tú sabes, vaya, Mariana.

Callaba Mariana, a media tarde, en un banco del Prado.

—Porque cuando a un hombre ya no le importa poner a su mujer a que la miren dos, diez, cien tipos más, esa mujer está jodida, se jodió, Mariana, te jodiste.

Fue la última brisa de la tarde la que le trajo, allá en el parque Martí frente a la Catedral, un olor superior. Se puso en guardia. Mientras se orientaba, pensó que, sin dudas, era un aroma positivo, de recurrentes epifanías. Después no tuvo dudas de que se trataba de un olor cercano, íntimo, y debió reprimirse para no gritar de júbilo cuando estuvo seguro de que era el olor de Mujer. Ha pasado por aquí, dijo y corrió hasta la esquina y miró a un lado, no vio nada; miró al otro y allá adelante iba, en efecto, Mujer con su perfume y el anda de niña altiva, y a su lado, abrazándola, Rocamadour.

Alcofrybas decidió alcanzarlos. Pensaba apartar al de nombre francés y hablar con la muchacha, mas en realidad se detuvo, permaneció unos segundos mirando como se alejaban, siempre abrazados —quizás uno de los dos llevaba un cigarro; quizás cantaban en voz baja alguna canción que antes Mujer había cantado con él— y susurró: *Hoc erat in votis*. Después les dio la espalda.

Siguió caminando sin rumbo y sin prisa, deseo andar tanto como sea preciso para conseguir un gran cansancio, pensó, para dormir después un sueño largo y despertar curado de la memoria, recordando apenas mi nombre. En realidad se dirigía a su casa, solo que despacio, con el fin de permanecer mayor tiempo al fresco del atardecer que le iba suavizando los pensamientos, convirtiendo su desencanto en una especie de tristeza más reflexiva, más resignada también. Era esa hora en que el día y la noche comienzan a batirse y el cielo se pinta con la sangre marrón del duelo que sigue drenando hasta que habla la oscuridad. Alcofrybas andaba como una sombra silente, cuando a mediación de una calle que se inclinaba a reverenciar el mar oloroso a frutas maceradas, escuchó en una radio la voz de una niña que recitaba con alegría inexplicable:

Pasarás por mi vida sin saber que pasaste,
pasarás en silencio por mi amor y al pasar...

Alcofrybas estaba sonriendo. Con gesto de triste simpatía, añadió:

fingiré una sonrisa como dulce contraste
del dolor de perderte, y jamás lo sabrás.

Después supo que era natural, pues en un país donde la grandilocuencia es a menudo tomada por una necesidad, abunda lo precoz y ser comedidos puede sugerir ineptitud, enfermedad o mala fe. La visión cubana de la Poesía, por añadidura, no es la del arcoiris, sino la del calidoscopio, no es la sucesión, sino el existir rumoroso, y ya sabemos que excluir nos queda mal por una condición sanguínea. Por otra parte, ¿quién discute a estas alturas que el Hombre

es un animal inmediatamente emocionable? La popularidad, por supuesto, es a menudo un chantaje a los sentidos
y el sentimiento, el *feeling*, por muy auténtico que se nos
predique, hay que comprarlo con monedas en forma de
corazón. De hecho, es común, aquí o allá, tropezar con un
Círculo de Amigos de Bécquer, de Campoamor, de José
Ángel Buesa, del programa Nocturno, mientras el espíritu
de Carl Sandburg (*...y una luna roja sube sobre las/ jo-
robas de las colinas y del río... ¡Andad allí, oh jazzmen!*), o
el de Emily Dickinson (*Han pasado centurias, mas, cada
una,/ Siento más corta que aquel día/ En que conjeturé
que los caballos/ Hacia la Eternidad se dirigían.*), o el
de Coleridge (*El Viejo Marinero/ salióle al paso al joven Convidado/ —¿Di, por tu barba y tus ojos de fue-
go, / qué pretendes de mí? ¡Suéltame el brazo!*) , o el de
Alejandra Pizarnik (*cuídate de mí amor mío/ cuídate de
la silenciosa en el desierto/ de la viajera con el vaso
vacío/ y de la sombra de su sombra*) hace tiempo que
pasaron a fantasmas de biblioteca. Son espíritus refracta-
rios a la masividad, entidades a las que todos, es cierto,
tenemos algún tipo de derecho, pero individual y ardua-
mente, siempre por turnos pues, en cuanto divisan a la
muchedumbre, vuelven a sus cápsulas. Obsesionado por
la popularidad y su casi segura apuesta por lo fácil —solo
lo difícil es estimulante, *ergo* solo lo fácil es popular— Alberto Ajón ha barajado tanto a Antonio Machado, que ya
atribuye a su frase insignia *escribir para el pueblo, qué
más quisiera yo* un sentido enemigo del que le daría, por
ejemplo, un locutor radial. Ajón se arriesga a fabular una
época donde significantes y significados puedan ser
expendidos en cualquier mentalidad y ya no se vea al artista como el escapado a un *más allá de* que grita sus con-
clusiones a un auditorio que recién comienza a ocupar la

sala. A la espera de nuestra poética *Civita Solis* recorda-
mos el chasco del buen Whitman, quien prefirió romper
su lira en nombre de marinos, albañiles, bomberos y
vendedores que no lo reconocerían a la distancia de una
pedrada.

La tragedia es colorida, no hay dudas. Da que pensar la
idea de estar garabateando para el propio alivio o para
la esposa o para la arrogante academia o para el mañana,
acaso virtual, acaso improbable. Tú mismo, responde a
esta subjetiva encuesta en que me regodeo.

Eres:

un chofer ___

una humilde maestra ___

alguien a quien alguna vez traté y ya no lo recuerdo ___

un empresario que siempre desestimará a los escritores, esos fracasados ___

uno, excepcional, que nos lee ___

una aleutide ___

un insomne que me usa como balsamario ___

una pitia ___

un bahai ___

el censor ___

mi ex vecino ___

un árbol ___

el que aún no ha sido ___

un frío scanner ___

un psiquiatra ___

Alberto el militar ___

un niño que ingresó equivocado a la órbita de este salmo ___

un estafador ___

el que se saltó precisamente esta página___

un policía ___

un goleador ___

un loco __
mi sombra __
un desempleado __
Reinaldo Cabrera __
un traductor __
el que se irá con Buesa __
Orlando Martínez __
la que al leerme desestimó el suicidio __
la que desestima mi talento __
el que me envidia __
Yamilé Tabío __
el hijo de Stalin__
Bente Lodgaard __
un obrero __
un profesor de Literatura que habla de Literatura como
si se tratara de política __
Angélica __
una mujer abandonada por otra __
Senel Paz__
un testigo de Jehová __
un admirador de Hitler __
un alcalde __
Alan West __
un verdugo __
una enfermera __
el que no sabe su nombre__
Carlos Alé__
mi madre cuando niña__
el fantasma de José Martí__
un hombre que ayer abandonó a su hijo__
José Cemí __
un napoleón __
un lincoln __

un ... ___
un ... ___
un ... ___

De momento, para tranquilizar el escozor de nuestras torcidas estéticas, pudiéramos pensar que Lezama y Buesa no son, por más que se nos ocurra fingirlo, antípodas, sino auténticas neuralgias reclamadas una y otra vez —que no nos importen los números, el tamaño del grupo de adictos—, alternando en personas que a veces ni sospechamos y volviendo, volviendo siempre para confundir o anonadar, para el éxtasis mentolado o el desconcierto que se agradece, pero volviendo siempre.

Lo que resulta indiscutible, más que lógico, es que Cienfuegos sabe más a Buesa que a cualquier otro poeta. Comprobarlo tampoco es vergonzoso. Si algo propio tiene la ciudad es una idea de lo estético que apuesta sobre todo por lo visible; en Cienfuegos es más importante lo *lindo* que lo *hermoso*, pero el derecho se ejercita con una autenticidad tan bruñida que a nadie se le ocurre criticarlo, porque obra en un diapasón tan ambicioso que alista en su vaivén desde la Arquitectura hasta la Música, y la mayoría de sus poetas están dispuestos a levantar la mano por una coexistencia pacífica de los estilos y hasta de los géneros, basada posiblemente en que no desconocen que uno de los rasgos de la Literatura es el de reincidir.

Iba por frente a una parada Alcofrybas cuando sintió deseos de detenerse. El sitio se encontraba vacío, pero él decidió esperar. Al menos deberé tener suerte con la guagua, aseveró mientras se recostaba a la pared en la penumbra del bombillo de mercurio colgado como un globo lunar del poste eléctrico. Pensaba en todo, pensaba especialmente en Mujer: estoy mareado de ella, dijo y se movió en dirección paralela a la acera, atravesó la caseta de la parada y el olor indecente que expulsaba, en un paseo en falso, y al volver posó involuntariamente los ojos sobre una frase en la pared. *VIVA LA FEEM*, habían mandado a poner a los alumnos de preuniversitario, pues se acercaba el cumpleaños de la organización, pero Alcofrybas, ayudado por la penumbra y un hiperbolismo exaltante, leyó *VIVAT LA FEMME* y aquello le pareció magnífico. Es una de esas señales capaces de parar al mundo, hacerlo saltar de su orden, destelló allá en su cerebro, y se emocionó. Viva, viva, dijo y de pronto tuvo ganas de escribir. Un poema amplísimo donde quepas entera, le aseguró porque en ese momento Mujer estaba a su lado: él la había hecho bajar de su memoria, del centro mismo de su necesidad y la observaba ahora develando para su gusto aquella sonrisa *a lo mejor sagaz/ a lo mejor servil* que la caracterizaba. Por la sonrisa de Mujer y porque la mano le empezó a temblar de forma conminatoria, Alcofrybas extrajo la pluma y comenzó a grabar su poema en la tapia. Escribía rápido versos largos que lo obligaban a ir y regresar pegado a la pared, y no hubiera terminado nunca de no haber sido interrumpido por dos policías.

—Así que rayando las paredes —dijo uno.

—¿Qué escribía el señor, algo contra el socialismo? —añadió el otro, burlón y agresivo, con la mano camino a la cintura, donde le colgaba un bastón negro.

Turbado, Alcofrybas no podía responder.

—El carné —demandó uno de los policías enseñando una pluma y apoyándose la tablilla en la cadera.

Les entregó el carnet de identidad y ambos agentes se inclinaron a descifrarlo. Después uno comenzó a escribir, sacudió la pluma dos, tres veces y volvió a guardarla.

—Dame acá la tuya, que esta no sirve —le ordenó.

—Es solo una poesía —aseveró el otro agente, que había estado leyendo en el muro.

—Ah, versos —dijo el que se disponía a arrestar a Alcofrybas, y le tendió la pluma con gestos de que se marchara.

Él tomó el lapicero y comenzó a andar en dirección contraria a la de su casa.

—Cuidado, escritor —escuchó de nuevo a los policías y se dio cuenta: debía cambiar el rumbo.

XIX

El encuentro con la policía no intimidó a Alcofrybas. Contraria, ilógicamente, apenas sirvió para hacerlo precavido, más exquisito a la hora de elegir el aislamiento, la poca luz de los muros donde depositaría sus avisos, aquellos jirones de la plegaria incansable con la que esperaba sorprender a Mujer cualquier día, cuando, al pasar de casualidad frente a un poema, reconociera por obligación o por reflejo el latido de su pulso, la verdad difícil de sus adjetivos. Se volvió más nocturno, más de lo ensombrecido, de los lugares en los que nunca se sabe a ciencia cierta quién vive, pero se limitó a ser poeta, a celebrar con infantil rutina los sucesivos cortes de electricidad que le ofrecían amparo en su repentina graforrea, en la manía de arañar con graffiti los paredones.

No volvieron a sorprenderlo. Había aprendido a cuidarse, a disimular y, más tarde, a creer que su pasión lo protegía. Confiaba a las paredes poemas enteros, sin más firma que una superstición lexical, una íntima, quizás risible creencia en que sus trazos valían más que mil convocatorias para hacer que Mujer le diera la oportunidad de reapropiársela, pues ella sabría que los versos eran suyos. Conocía demasiado bien su estilo, sus ideas más corrosivas, así que no había posibilidad de que pasara insensible frente a uno de sus llamados.

Cuando se dio cuenta de que no era ya exclusivamente la angustia por Mujer lo que patrocinaba su urgencia, sino una especie de pavoneo intelectual que lo singularizaba ante sí mismo también y lo empujaba a otras ambiciones, se imaginó en boca de toda la urbe: el poeta anónimo, el aeda de la oscuridad, el nuevo Heredia, recitado de memoria por jóvenes y viejos en una hambrienta ciudad de fin de siglo. Y el juego le corroboró, una mañana apenas despierto, cuando el recuerdo de la noche anterior le regalaba una sonrisa mediatizada por las ganas de desayunar, que se había hecho la hora de publicar su poesía en forma de libro.

Ahora lo zarandeaba la impaciencia.

Como, efectivamente, tenía escritos algunos poemas de cierta dignidad, se puso a releerlos, a enmendar, tachar, suprimir, romper, para darles orden sobre las cuartillas, pero enseguida comprendió que su libro sería apenas un simulacro, una idea escurridiza de los posibles caminos de la poesía, si no incluía en él los poemas que, sobre los muros de Cienfuegos, revelaban desde hacía unas semanas su fértil angustia.

Debo recuperarlos, advirtió, y se dispuso a salir con un bulto de hojas para copiarse a sí mismo.

Comenzó por la parada de los inicios, aquella donde fue sorprendido por los policías. En plena mañana entró a la multitud compacta que aguardaba con la acostumbrada resignación, y se plantó frente a los versos y comenzó a anotarlos cuidadosamente. Intuía en la tarea que llevaba a cabo un simbolismo de buen augurio. Alguna alusión a su triunfo encontraba en poner ahora sobre cuartillas los poemas, y era objeto de una felicidad restringida, pero eficaz.

Enseguida que terminó se dirigió a otro lugar; después a otro, pero allí las cosas ya no marcharon como era de

suponer: Alcofrybas se encontró con una pared mancha-
da de pintura fresca, en la cual acaso se vislumbraban
algunas frases escasas, de apariencia añeja. Con además
de caballero medieval, se fue en busca de la próxima
pared, pero allá tampoco lo aguardaban sus versos. Fue
saludado por un cartel recién establecido en la rugosidad
a la que él confiara su talento o su desesperación apenas
unas semanas antes. Lo perturbó el sagaz olor a tinta
joven y aquella frase desequilibrante:

> SIEMPRE HAY UN OJO QUE TE VE.

En lo sucesivo no dio con un poema intacto, ya no me
esperan los versos, ya no me respalda la ciudad, pensó
tratando de barnizar con un poco de cinismo la pesquisa
estropeada en busca de sus poemas, no me reciben más
que borrones, solo consignas que ahora no me interesan,
pensó mientras subía a una guagua que pasaba cerca de
modo milagroso.

Caminó hasta el fondo y se asió como pudo al hierro
tibio que tenía enfrente.

Sudaba.

Comprendía que era de nuevo emplazado por una melancolía que sabría insistirle con diversos gestos hasta vol-
verlo compasivo con su propia persona, sensible, ahora
que lo pensaba bien, a ese tipo de baladas de afecto con-
densado de las que cualquiera que se precie de andar en el
camino de la Literatura tiene la obligación pública de rene-
gar. Alcofrybas sabía ya que para consumar el ridículo se
necesitan testigos; así pues, oculto en su anonimato, tara-
reaba mentalmente una canción de su adolescencia, a la
par que rodaba las últimas imágenes de Mujer sonriéndo-
le de todas las maneras posibles, en todos los tonos de su
figura y de su voz. Alcofrybas parecía tranquilo suspendido

del hierro como si hubiera sido atado por el verdugo, y la gente que lo miraba no podía saber que realmente se dedicaba a tantear como un ciego las letras de unas deplorables baladas juveniles en busca de una oquedad donde acomodar la amargura que, por paradójica afluencia, lo hacía sentir singular, casi un héroe. Pensó: ¿dónde está el artista, el hombre de pensamiento que no se ha regalado una vez la travesura de tararear una canción en la que lo romántico se tamiza con la obviedad y con el apuro, aunque después, con altanería, la esgrima como un perdonativo sucedáneo de la nostalgia? *Homo sum*, se dijo burlón consigo mismo y, por alguna rara causa, inclinado a filosofar, agregó que en definitiva el hombre que se dice inteligente siempre se las arregla para relegar lo irrecuperablemente ridículo en las planicies de la música a esas composiciones que flotan en un aire impersonal, pues basta con invocar la tradición, la pertenencia, para que la frontera entre el ingenuo, pero siempre húmedo *arte del pueblo* y su vertiente moderna, cada vez más violentada por los mercaderes del templo de la comunicación, se vaya difuminando, haciéndose trampas ella misma, diciéndonos que no hay que recurrir a los fundamentalismos, que lo sabio es converger en la idea de una autenticidad que bien sabe ir aplacando lo crítico. Alcofrybas gozó con la imagen de Alfonso Reyes extasiado por una ranchera, y de Carpentier silenciado por un bolerón acérrimo, y de García Márquez siempre tan exagerado, afirmando que *Cien años de soledad* es, ni más ni menos, un vallenato de trescientas páginas. *Hay una edad y unos prejuicios para cada tiempo*, sentenció el joven y le parecía estar cerca de la verdad.

En una de las paradas de la guagua subió una muchacha, casi una niña con uniforme de secundaria y un andar todavía despreocupado y se colocó cerca de Alcofrybas. Llevaba una libreta sin forrar, sucia, y la manipulaba sin delicadeza. El joven necesitaba cambiar de posición y al hacerlo por fin se fijó en la libreta. Qué descuidada, pensó difusamente, como por inercia, antes de reparar en una frase inscrita a lapicero sobre la cartulina gris.

```
        Tú nunca estuviste
 Y si estuviste fue en mi otro sentido,
En el sentido que tengo de lo que me falta
```

decía al lado de un trazo que hacía lo imposible por semejar un corazón partido y, encima, dos letras mayúsculas. Alcofrybas sonrió, orgulloso. La frase que se había apropiado la colegiala era parte de uno de los poemas que él dejó en las paredes de Cienfuegos.

Cuando bajó de la guagua era media tarde. El calor seguía siendo una presencia general, agotadora, y la gente dejaba suelta la imaginación y afirmaba que la ciudad parecía enemiga de la lluvia y de la brisa. Sin motivo aparente, Alcofrybas pensó en Mujer y sus ocurrencias. Recordó un día en el malecón. *El sol es una estrella ruborizada*, dijo ella, quizás porque atardecía y el sol permitía que lo miraran casi de frente y lo alabaran un poco. Sonriendo, él la corrigió. *Ruborizaba no; colérica, una estrella que bufa, eso sí*, le dijo. Mujer —cómo olvidarlo, Alcofrybas— se rió alto, aplaudiendo, pero con expresión de burla. Una estrella ruborizada, murmuró ahora Alcofrybas entrando a la casa, tirando los papeles sobre un mueble, deseoso de una magia que le llevara la fatiga y la sed.

Por miedo al aburrimiento, decidió minutos después que leería un rato.

Trajo un libro, se acomodó y entró a una página en la cual se hablaba de la Poesía como de una calculada operación electrónica. El poeta es, exactamente, un ingeniero del lenguaje, sentenciaba quien, por contraste y a pesar de algunas cosas, fuera un buen poeta. Sonriendo, Alcofrybas creyó entender que la contradicción es una de las cosas que mantienen a la poesía húmeda, misteriosa y sensual como la leche materna. *Parecer que afirmo cuando estoy negando y al mismo tiempo nada niego,* pensó e hizo una pausa para aclimatarse al enredo que acababa de inventar. Como había quedado insatisfecho con su propia sentencia, suspiró: ah, Valery, querido traidor, te prefiero cuando pareces humilde, otro más en la multitud, uno que se dedica *a estar* y no le importa que le llamen *el genio, el último gran sofista*; prefiero ese al cocedor de soberbias, presto a asegurar que jamás podría escribir una novela por sentirse estéticamente incapaz de firmar una frase como «La marquesa salió a las cinco». ¿Olvidaste que no todo puede ser lenguaje, perfecto incrédulo, o tu altanería no es más que un despliegue de tácticas para no ser conocido de inmediato? ¿Por qué finges ignorar que un poema es, con molesta frecuencia, una llanura de monotonía, hasta que aparece la imagen contundente, y después de nuevo la calma gratuita, hasta el próximo acierto? Algo parecido sucede con los tuyos, diría yo, y además, ¿es verdad que ignoras que por ese afán de matar la convención puedes ser procesado como el menos original de los románticos? Te prefiero cuando aparentas lo humano, reiteró Alcofrybas y se quedó pensando en una sentencia del francés que nunca olvidaba: «El amor consiste en saber ser tontos juntos.»

Lo más lógico entonces era invocar a Mujer por segunda o tercera ocasión en el día y Alcofrybas se dispuso al ritual con total satisfacción. Jugar con el pasado puede ofrecer la oportunidad de un optimismo indefinido, pero reconfortante, y él seguía creyendo que su vida y la de Mujer volverían a conversar en intimidad, como se dice de las paralelas en el infinito. Con los ojos cerrados, probó a conformar un desnudo de la muchacha con retazos de muchas de las veces en que la tuvo frente a sí. Revivió la única noche que ella le permitió visitarla por detrás, y se estremeció. Lentamente comenzó a frotarse la lanza, y la ansiedad que le sobrevino le demostró cuán solo se encontraba. En su mente, Mujer, servida de espaldas, le decía que estaba lista para el sacrificio, y se volvía para mirarlo con una mezcla de susto y lujuria. Con la mano, Alcofrybas transmitía a su animal las sensaciones que le producía el recuerdo de la escena, un recuerdo contaminado ahora por la urgencia y el abandono. No había olvidado la reacción de ella a su embestida, la forma en que apretaba la almohada y gritaba ahogadamente palabras, mitades de palabras, sílabas cuyo significado era momentáneo y provocativo. Todo eso le contó a su animal mientras lo frotaba ásperamente y a un tiempo se reprochaba el hecho de no saber sacar todo el partido que el acto merecía, pues no consiguió abstraerse lo suficiente para olvidar que apenas ejercitaba un remedio vulgar, un paliativo menor para el hambre de Mujer que lo acosaba.

Decidió terminar con el juego a como diera lugar. Abrió los ojos, se acomodó y volvió a cerrarlos, pues ya no quería otra cosa que una imagen de las nalgas de Mujer para bombardearla —a distancia, sí, qué lástima— y tranquilizarse.

Pero entonces lo sorprendió una voz real, conocida, que en unos segundos estaba a su lado, y le hablaba en un tono burlón y familiar. Era difícil que Mujer no hubiera notado lo que Alcofrybas hacía. De todos modos, él se encogió como pudo, y se fingió dormido, recién despierto, y no fingió el asombro, porque lo experimentaba de verdad.

—Ya sé que andas rayando las paredes. Lo sabemos todos y tememos por ti y por Cienfuegos —le dijo ella, acercándole su olor a hembra frutal.

Él se puso de pie.

—También sé que te empeñas en un libro —volvió a decir Mujer—, y eso me da gran alegría.

De momento, Alcofrybas no hablaba. Se limitaba a observar a la muchacha, sus labios, el pelo, los muslos que adivinaba otra vez en toda su soberbia a la sombra del vestido, un vestido nuevo, regalo de Rocamadour, seguro.

Ella, por causa de algún nerviosismo, hablaba de más, parecía temer a los peligros de callarse y, como dándose tiempo, probó con una broma intelectual.

—Pero sé cuidadoso con lo que escribes. Hazlo de manera que no puedan rechazártelo. Imagina que lo leerá Savonarola —algún Savonarola nos queda, en efecto, por aquí—, quien, como sabrás, cuando pudo hacerse con el poder en Florencia puso en práctica unas increíbles campañas para la «quema de las vanidades», una aparatosa liturgia que consistía en entregar a las llamas todo lo que pudiera culparse de inmoral. Así fue como ardieron algunos *Boticellis*, y el *Decamerón* también, por cierto.

Alcofrybas casi no entendió lo que le decía. Continuaba mirándola y era una mirada primordial, de sobrevivencia. De repente comprendió que deseaba contarle lo que hacía segundos antes de su aparición. Había un simbolismo en confesárselo que no estaba dispuesto a desaprovechar, y sin esperar otra cosa, se lo dijo.

—¿Crees que no me di cuenta? —sonrió ella.

—¿Y por qué no dijiste nada?

—Ya no tengo derecho. Al menos es lo que sentí.

—En mi soledad, yo estaba contigo.

—Lo creo, pero no.

144

—¿No qué?

—.................. no............

Se le acercó. Ella intentó darse la vuelta, salir hacia la sala, pero ya los brazos de él la rodeaban. *Ahora no es posible, Alcofrybas,* murmuró, *yo no he venido a eso.* Él insistía. Ella se apartaba sin dejar de dar explicaciones, pero comprendiendo que a la postre resultaría inútil. Finalmente comenzó a ceder. No sabía explicarse si lo hacía por deseos, debido a una cuestión enteramente sexual, o porque él no le permitiría irse de otro modo. Cuando con suavidad apartó sus dedos inexpertos para aflojar ella misma el ajustador, tuvo la certeza de que, de no haber mediado la confesión de Alcofrybas acerca de su ceremonia onanista, no habría accedido a su furia.

Permitió que la besara con detenimiento, que volviera a preguntarle al cuerpo con las manos, con los ojos, con la respiración empeñada en registrar el olor de sus axilas, de las cálidas cerezas que le pintaban de oscuro el tórax, del musgo renegrido del sexo que se desbordaba como una enredadera hasta robarle unas franjas de terreno a los muslos, de la piel que, una vez vuelta de espaldas Mujer se iba aclarando a medida que la carne se amotinaba bajo la cintura para sorprender con su terca vocación por abultarse e invitar a que se le escalara por cualquier ruta.

Pero, inevitablemente, Mujer querría reconocerse el derecho de hablar para dejar claras las cosas.

—No volveré a venir, Alcofrybas —le aseguró nublando sus resplandores con los rápidos dibujos del vestido, cubriéndose los labios con el creyón que la hacía parecer indiferente, artificial—; no puedo aunque quisiera.

Alcofrybas ahora se sentía seguro y empezaba a sonreír condescendiente, pero Mujer no había terminado.

—No puedo, pues te abrazo y es su espalda la que aprieto; te beso y me adormece el sabor a cigarro y tú no

fumas, el que fuma es Rocamadour— le dijo con valor y
despacio para no tener que repetirlo.

Después se marchó.

XX

—original message—
From:butterfly@aol.com
To:bp@cfg.cu
Time:12.57p
Subject: para eucaris, la de la sala universal

eucaris:
llegué bien. esto es muy lindo y me gusta mucho. me hicieron un recibimiento muy emocionante, aparte de la comida y de la ropa, ya sabes. llegué a pensar que los viejos no soportarían el encuentro después de una separación tan larga, pero ellos se han portado muy bien. mi hermano dice que ya tiene la rastra, pero para que yo pueda viajar con él hay que hacer unos trámites primero. no veo las horas de sentarme al timón y comenzar a devorar las carreteras. y de que me den la residencia para traerte conmigo. por lo pronto, en cuanto pueda te mando algo. la alegría por estar aquí se mezcla con mis deseos de verte. y de conversar, y de todo lo demás, porque nunca me cansaría de nada contigo. mejor no hablamos de ese asunto, porque ahora todo es difícil, hasta que me den la dichosa residencia. si un día me ves llegar allá de vuelta no digas que estoy loco, di que estoy enamorado. espera otro correo dentro de unos días. puedes contestarme a este mismo buzón, dice mi hermano

que, mientras gestionamos mi cuenta, puedo usar este correo.

besos, besos,
el figura.

—original message—
From:butterfly@aol.com
To:bp@cfg.cu
Time:10.53p
Subject: para eucaris, la de la sala universal

eucaris:
por fin se acabaron las fiestas por mi llegada y todo ese lío. ahora tendré más tiempo para pensar en la manera de traerte para acá. dicen los más viejos aquí que hay muchas variantes, no solo eso de aguardar por la residencia y dar inicio al papeleo legal. estoy analizando bien las cosas. fui con mi hermano a ver la rastra a un garage por la 52 avenida. hermosa. si la vieras, aunque es una rastra de segunda mano, second hand, dice mi hermano que se dice. es una kenworth mil veces mejor que las international de allá. cuídate mucho y ya sabes, no me falles, que para cualquier lado del futuro que miro, ahí te veo. tu imagen tiene la virtud de meterse en mi cabeza y si no me pongo duro no puedo hacer otra cosa que imaginarte. te estoy escribiendo una carta de verdad para mandártela a la casa, pero mientras tanto vamos resolviendo con los correos. espera otro pronto. me muero por abrazarte.

besos, besos,
el figura.

—original message—
From:butterfly@aol.com
To:bp@cfg.cu
Time:9.12p
Subject: para eucaris, la de la sala universal

eucaris:
yo imaginaba que el papeleo de aquí era menos que el de allá. ni lo pienses. incluso querían exigirme que hablara inglés para manejar, pero después aflojaron gracias a no sé qué cuento que les hizo un abogado amigo de nuestra familia. mañana o pasado, depende del almacén que nos contrata, salgo con mi hermano para el estado de washington. son varios días ida y vuelta, así que ya te contaré de verdad sobre este país. eso fue lo que siempre quise estando allá, recorrer los estados unidos, no como esos cubanos que nunca han salido de miami porque dicen que, mientras más para arriba, menos se les parece a cuba. para eso, con quedarse allá lo hubieran solucionado todo. si por fin no nos vamos mañana te paso otro correo, de lo contrario te escribo en cuanto regresemos. aunque más quisiera poderte comer a besos, que tenerte que escribir.
besos, besos,
el figura.

—original message—
From:butterfly@aol.com
To:bp@cfg.cu
Time:11.04a
Subject: para eucaris, la de la sala universal

eucaris:

ya hemos vuelto del viaje a washington. esta vez fui de ayudante de mi hermano, pues, según él, es muy pronto para soltarme por esas autopistas. fue fascinante. acá todo es diferente, hasta el paisaje, a primera vista menos elegante que el de allá, pero solo a primera vista. tendrías que ver las montañas dormidas a lo lejos sobre el fondo lila del atardecer, unas montañas que parecen animales gigantescos echados de lado, y los bosques cuando el sol de la mañana empieza a meterse entre las ramas, y las casas a lo lejos con sus cercados parejitos y la gente regando el jardín. este primer viaje nos fue bien. ganamos bastante. mi primer dinero aquí, así que ya sabes: comienza la cuenta regresiva, el count down para el reencuentro de nosotros dos. escribe pronto.

besos, besos,
el figura.

—original message—
From:butterfly@aol.com
To:bp@cfg.cu
Time:8.32p
Subject: para eucaris, la de la sala universal

eucaris:

no sé por qué dices esas cosas. tú conocías mi necesidad de viajar a este país. no era estrictamente una necesidad, lo reconozco, pero siempre supimos que este momento iba a llegar. también sabíamos que tu destino era unirte a mí. hace unos días, en el down town, me presentaron a un hombre que va el mes próximo para cienfuegos, así que te mandaré unas cosas con él. ya me dijo que no hay problemas, por lo que debes estar al tanto. después te digo el día exacto de su llegada. como te estaba escribiendo otra carta, aprovecharé para mandarla igualmente con él. cuídate, no me falles,

    besos, besos,

    el figura.

    —original message—
From:butterfly@aol.com
To:bp@cfg.cu
Time:11.18a
Subject: para eucaris, la de la sala universal

eucaris:

hace unos días que no te escribo, no sé si llegue al mes. es la primera vez que dejo correr tanto tiempo entre un correo y otro, pero estaba tan busy, tan ocupado que ni dormir casi pude. fuimos, mi hermano y yo, a un viaje agotador que se empezó a complicar desde la salida, pues la policía nos paró para inspeccionarnos apenas llevábamos cien kilómetros recorridos. para rematar, en washington tuvimos que cargar mercancía para seattle, y de allí para otro pueblecito tan apartado de la civilización, que parece un caserío de un western (de una película del oeste). pero al final sacamos bastante plata, money, que nunca sobra . contéstame.

    besos, besos,

    el figura.

    —original message—
From:butterfly@aol.com

To:bp@cfg.cu
Time:4.36p
Subject: para eucaris, la de la sala universal

eucaris: .
no pienso contestarte esa pregunta. si me he vuelto a
demorar en escribirte es solamente por el trabajo que
tengo. ahora mi hermano y yo no paramos. aquí habrá
dinero, pero no es para los que se quedan en sus casas.
hay que pelearlo a la intemperie, como dice mi hermano,
y no carecemos de contrincantes. you know, estoy apren-
diendo a desenvolverme en el negocio, y cuando me suelte
aquí no va a haber hombre o bestia capaz de ponérseme
al lado. tú verás. i' ll write you later on.
   besos, besos,
   el figura.

   —original message—
From:butterfly@aol.com
To:bp@cfg.cu
Time:7.20p
Subject: para eucaris, la de la sala universal

eucaris:
he tenido algunos problemas, pero yo salgo de todos,
don't worry. mi hermano dice que para ser un estrella
debo dejar de razonar como si todavía estuviera allá, pero
yo me río de su precaución exagerada y le demuestro
que lo del figura no es casualidad. la rastra es un buen
deal, un buen negocio, y hace rato que me conozco las
autopistas y puedo andar por ellas hasta con los ojos
cerrados. con la kenworth y mi imaginación son muchas
las combinaciones que conducen al éxito. answer quickly.

besos, besos,
el figura.

—original message—
From:butterfly@aol.com
To:bp@cfg.cu
Time:4.36p
Subject: para eucaris, la de la sala universal

eucaris:
no valen la pena tantos reproches. además lo dices todo en un tono que no puedo entender si me estás culpando a mí o a ti misma. who is guilty? you?, me? ya sé que el tiempo es sordo y ciego, la naturaleza odia el vacío y la distancia asesina los sentimientos. eso no quiere decir que los míos estén muertos del todo, pero lo que nos pasa es normal, es previsible, como diría mi hermano. por otra parte yo te insistí bastante para que vinieras, así que sigo sin entender. no sé si valga la pena que me lo expliques, así que como tú quieras.
besos, besos,
el figura.

—original message—
From:butterfly@aol.com
To:bp@cfg.cu
Time:7.23p
Subject: para eucaris, la de la sala universal

señora eucaris:
sé que no es ésta la vía mejor para una noticia así, pero también sé que las cartas corrientes pueden tardar

demasiado. soy el hermano de su marido y aunque conozco que ustedes no se comunicaban desde hace un tiempo, tengo el deber de informarle sobre su muerte. todo ocurrió de forma inesperada, en un viaje al que decidimos que iría él solo, pues era cerca, aquí en el propio condado. ya de regreso, la rastra se salió de la carretera, se volcó y se incendió. para su tranquilidad le digo que los médicos aseguran que mi hermano murió instantáneamente, de un golpe en la sien que le evitó el sufrimiento. todos lamentamos este accidente que se llevó a mi hermano. cualquier otra noticia que le llegue de aquí es totalmente falsa. usted sabe que la gente, por tal de hablar, inventa cualquier cosa.

sin más, la respeta,
álex cruz martínez.

XXI

Mujer no hubiera contado a nadie los muchos *por qués* de su amor con Rocamadour. En la relación con el de nombre francés columbraba a veces una consecuencia de las pequeñas traiciones con que la sorprendiera Alcofrybas, pero terminaba por creer que su derivación hacia Rocamadour era más noble, hija de un misterio soñado y aplazado repetidamente.

En circunstancias normales no comparaba a los dos hombres de su vida, pero, de tarde en tarde, recordaba que Rocamadour estaba más cerca de amarla de lo que pareció estar Alcofrybas. Era —pensó una vez con amargura— como si extrañara las brusquedades de Alcofrybas, en lugar de celebrar las delicadezas del otro.

Pero por nada del mundo los hubiera cambiado ahora.

Bajo las ofensas del verano iban un anochecer Mujer y Rocamadour, en busca de un coto con luz eléctrica, cuando les pareció que eran seguidos por dos hombres. Fue ella la que se percató de ambas figuras a cierta distancia, como sombras cortadas bruscamente de su objeto. Se los mostró, quiso salir de allí cuanto antes, renunciar al paseo y retornar a casa. *No es nada*, le aseguró el muchacho, *ya verás que en la próxima esquina se van hacia otro lado*. Pero los hombres seguían tras ellos, por un lugar de casas fugaces y gente rala y apurada.

Rocamadour se detuvo.

Mujer, asustada, quería superar cuanto antes aquella zona en la cual el simple moldeado del paisaje resultaba agresivo. Los hombres se habían parado también, y gesticulaban. *Vamos,* rogó Mujer. *Vamos,* convino Rocamadour, ahora preocupado.

Aceleraron el paso.

Al poco rato se volvieron para comprobar si todavía eran perseguidos y notaron que los hombres ya no estaban a sus espaldas.

Ella suspiró. *Menos mal*, dijo él, abrazándola.

Siguieron andando.

Recuperada la calma, comenzaron a hablar de algunas cosas que deseaban hacer, y Rocamadour, como al descuido, dejó que su mano rozara un seno de Mujer. Ella susurró:

—Aguarda a que estemos en casa. Entonces podrás arriesgarte en otras misiones, y podré ripostar.

—¿Y no es demasiado esperar? —preguntó él.

A la luz de una luna baja y amarillenta, Mujer se detuvo para abrazarlo. Lo miró. Le pasó la lengua por los labios, lo mordió y se pegó a él con fuerza, sintiendo la presión del saurio de Rocamadour entre sus piernas.

Se supo halagada.

Juguetona, bajó una mano para apretar el saurio y, por instinto, presionó después sobre su propio pubis. Con un leve jadeo le indicó a Rocamadour que lo autorizaba a nuevas caricias y él dejó que su mano reptara bajo el vestido. La tocó por encima del blúmer. Suavemente, ida y vuelta una y otra vez, pues la humedad de la tela hizo que adivinara detrás una laguna cálida y le gustaba demorar el momento de acceder del todo a ella. Mujer abrió las piernas. Él metió la mano dentro del blúmer y trató de abarcar toda la entrepierna. Apretó el tesoro que su mano guardaba. Después la provocó con un solo dedo y Mujer, estremeciéndose, lo obligó a llevar el dedo hasta el fondo y se arqueó de placer. Con la cabeza reclinada divisó la luna y deseó verse reflejada en ella así, abrazada a Rocamadour.

Entonces vio a los hombres.

Estaban tan cerca que enseguida eclipsaron la imagen de la luna, y el sobresalto la hizo retroceder y estirarse el vestido en un gesto carente de efecto, pues la oscuridad apenas permitía imaginar los ribetes de las cosas. Los tipos, frente a ellos, tenían las manos en la cintura y la risa lenta que emitían resultaba en las sombras más amenazante que un arma.

Mujer sintió ganas de echarse a llorar.

Rocamadour trató de colocarse entre ella y los tipos, pero éstos les saltaron encima. A Mujer la empujaron hacia un lado con más desdén que saña y se concentraron en el muchacho. La pausa que sobrevino tenía un carácter de ritual. Era el lugar común de observar al acorralado, de realzar la venganza en un preámbulo teatral. Rocamadour controlaba su miedo. Pensó en golpear a uno de los hombres y correr, pero estaba también Mujer, que no sería tan veloz como el enemigo. Los tipos se movieron por fin. Olían a mar. *Te cogimos*, murmuró uno, *ya eres nuestro*. Rocamadour comprendió que no se trataba de dos asaltantes fortuitos, en busca de un botín sin definir, pero no sabía a qué aludía el que habló. *¿Tú pensabas que se nos había olvidado?*, preguntó la misma voz.

—¿Qué les pasa? —dijo Rocamadour— No sé de qué me hablan.

—Claro —se burló el tipo.

—Aquí hay una confusión —exclamó entonces Mujer desde más lejos—. Yo puedo explicarles.

—Por supuesto —dijo el hombre—, como que Los Mudos somos imbéciles... — y golpeó a Rocamadour.

Los gritos de Mujer no impidieron que siguieran golpeándolo durante un rato más. Después, viendo que no se callaba, uno de los mudos cogió a la muchacha por el cuello y la sostuvo casi en el aire, hasta que logró silenciarla.

Aún no habían terminado con Rocamadour. Tirado en el suelo, lo patearon sin hablar, por turnos, hasta que uno de los tipos sacó una cuchilla, hizo un ademán de exagerada tragicidad y se inclinó sobre él. Mujer se precipitó hacia el tipo, pero el otro la detuvo.

Rocamadour no se movía.

El de la cuchilla se puso de pie y escupió. *Pollero de mierda*, dijo y comenzó a andar. Su compañero dejó libre a Mujer y se fue tras él por la calle negra.

Enroscado en sí mismo, Rocamadour comenzó a gemir apagadamente y Mujer, llorando, trataba de voltearlo. A tientas, lo palpaba en el vientre, buscándole la herida, mientras se daba cuenta de que se sentía mal. A lo lejos se oyó el fragor del trueno como piedras que se dejan caer desde la altura, y la muchacha tuvo miedo de que llegara la lluvia y los encontrara allí, lejos de todo.

Absurdamente clamó por auxilio.

El trueno volvió a mandar su eco desde la distancia y tras éste percibió Mujer algunas palabras de Rocamadour. Por lo menos estaba vivo, pensó aliviada y se empeñó en levantarlo y ponerlo a caminar. Primero lo sentó. Después le rogó que se incorporara, que hiciera un esfuerzo para que pudiera verlo un médico. *Vamos, vamos*, insistía, *vámonos de aquí, Rocamadour*. Logró ponerlo de pie; logró que diera unos pasos, pero antes de llegar a la primera esquina Rocamadour se detuvo, miró a lo alto y se sentó en el suelo. *Sigue tú*, dijo, *quiero descansar un rato*.

—No estás cansado; estás herido —sollozó Mujer e insistió en buscarle en el vientre la zanja de la cuchilla.

—Cansado nada más —repitió él—, cansado.

—Vamos, levántate —porfiaba Mujer—, por favor.

—Mira a la luna —susurró Rocamadour como un borracho—, mírala y tranquilízate.

Debía sacarlo de allí.

Comprendía cuán urgente era examinarlo, brindarle atención, y al mismo tiempo estaba obligada a reconocer su impotencia. Rocamadour se sumergió en un mutismo denso, opresivo, y ella lo sacudió, trató de hacerlo reaccionar:

—Por favor, vamos.

—Duerme aquí conmigo —le dijo él —, a la luz de la noche.

Mujer quería gritar.

Aturdida, temía perder ella misma el conocimiento, y entonces no se imaginaba un fin agradable para Rocamadour, que debía tener una cuchillada en alguna parte. Ahora era él quien la agarraba de un brazo para que se acostara a su lado bajo la luna. Mujer se puso a llorar, y Rocamadour se imaginó en el deber de consolarla con frases tan borrosas como el paisaje nocturno. Algo le decía a ella que no podía obrar con calma, pero algo al mismo tiempo le quitaba las fuerzas y la obligaba a una tregua al lado del muchacho. Llevaba unos minutos ensimismada, oyéndolo balbucir enredos, cuando distinguió una sombra avanzando por la calle, y se quedó paralizada de pensar que pudiera tratarse del regreso de los mudos. Resultó un hombre solo, silbando, que apenas redujo el paso al escuchar su petición de ayuda.

—¿Para qué dejaste que se emborrachara? —le ripostó con voz de risa.

Quedaron solos otra vez.

Mujer deseaba que todo se convirtiera de repente en un sueño, para tener la felicidad de abrir los ojos y ver anulados la angustia y el peligro. Todavía no se explicaba aquella equivocación de los mudos, que habían atacado a Rocamadour, creyéndolo el vendedor de cuartos de pollos. La falta de sentido de la situación la inclinó a reparar en el cinismo de que Rocamadour asumiera un castigo urdido para Alcofrybas. Tampoco era que deseara ver a Alcofrybas allí, a punto de morir tal vez; solamente *sabía* que en la suplantación de uno por el otro radicaba un misterio doloroso y sutil. Pues si Rocamadour había sido escogido para dar fe en el más allá de las batallas de Alcofrybas, de acuerdo con la idea de Blaise Pascal, ¿cuál era la culpa de Mujer? ¿Fue Rocamadour —no el *personaje-Rocamadour,* sino la *persona-Rocamadour*— diseñado desde un principio para asumir el final de Alcofrybas? Toda su vida, sus dolores, sus días de risa, los libros que leyó, las muchachas que le gustaron, la cuota de mal que le tocó hacer, los miedos que no supo disimular, ¿no eran más que un entretenimiento, una forma de esperar la hora de inmolarse? La propia relación entre Mujer y Rocamadour, empezada mucho antes de que se dirigieran la palabra, empezada en una pesadilla sin gran perspectiva, ¿no pasaba de ser entonces un paso imprescindible en la salvación de Alcofrybas?

Mujer volvió a escuchar voces.

Se aproximaban velozmente, y variaban del canto a los silbidos y después a los gritos. Esperó a que aparecieran los fiesteros y los llamó. Era un grupo de unos diez y cuando lograron localizarla contra la pared, sosteniendo a Rocamadour, no parecieron dispuestos a dejar de divertirse. Poco a poco se quedaron en silencio. Mujer les pidió ayuda.

—Escucha, Polichinela, quiere ayuda —dijo una voz.

—¿Ayuda para qué, niña? —preguntó el que debía ser Polichinela.

—Eso, depende de la ayuda —se rió otro.

—¿Para matarlo o para que te mate, amorcito?

—¿Para que te lo matemos y tú comértelo sin trabajo, mi china?

—Eso, ¿ayuda con él, o ayuda contigo?

—¿Para empezar o para acabar, cariño?

—Eso...

Mujer los calló a gritos. Les aseguró que Rocamadour había sido golpeado, *incluso creo que tiene una herida, aunque no he podido encontrársela,* añadió y no volvió a escuchar sus voces. Comprendió que los fiesteros se alejaban despacio, actores de un mutismo puntilloso y burlón.

Otra vez solos.

La luna se iba dejando tragar por un grupo de nubes, y el trueno rebotó ahora más cerca, varias veces, como si tratara con su insistencia de preservar su sitio en el miedo de Mujer. Rocamadour no se movía. Por la manera de respirar, podía suponerse que estaba dormido, y, en efecto, emitía a intervalos palabras de finales decapitados, en señal de delirio. Mujer no hablaba. Había dejado de pensar y sentía que pronto se iba a desvanecer.

Flotaba.

Ahora era ella quien flotaba, perdida la perspectiva de la noche y del lugar, y de Rocamadour agonizante, y de su propio nombre. Como una loca relacionó la mano que le apretaba un hombro con el trueno que, retirado a la lejanía, continuaba con su mascullar milenario. Loca era la mujer que la llamaba, entendió después de superado el sopor y escuchar las preguntas que venían sobre su voz rugosa, y el cosquilleo a que sometían a la noche los incontables pulsos de alambre que debían rodear sus muñecas.

—¿Y qué haces tú aquí? —dijo la mujer.

Mujer se extrañó de que hubiera podido distinguirla en la oscuridad, y de que enseguida agregara:

—¿Y él está enfermo?

No le respondió, pues intuía que perdería el tiempo. Pensaba que la loca sólo pretendía entretenerse un poco, dejar morir algunos minutos y después, cuando se aburriera, seguiría camino, anunciándose con el tintineo de sus pulsos.

—¿Te lo mataron? —insistió la loca.

Esta vez Mujer sollozó.

—Vamos a levantarlo. Vamos a llevárnoslo de aquí.

Mujer se animó. *Vamos*, accedió y llamó a Rocamadour con una autoridad a la cual él respondió con otros enredos, y entonces se le echó encima y lo zarandeó; llorando lo roció con una serie de insultos tristes, cariñosos, mientras la loca se balanceaba frente a ellos y la animaba con pequeños gritos, con gestos que nadie podía ver, pero que se adivinaban gracias al chirrido de los pulsos; con palabrotas de arrabal.

Rocamadour se incorporó.

Mujer se lo puso a cuestas y dio unos pasos. Rocamadour se dejaba llevar, indiferente, y la loca aplaudía y los pulsos aplaudían. *Dale*, susurraba, *dale que lo logramos, dale, chica*. Avanzaron unos metros, Mujer delante con el de nombre francés desplomado sobre ella, y la loca detrás, chillando alborozada, sin dejar de animarla. Pero Rocamadour pesaba demasiado y no ponía de su parte. Mujer jadeaba y la loca reía; Mujer comprendió que en realidad estaba arrastrando a Rocamadour, quien tal vez había perdido el conocimiento.

162

Se detuvo.

Trató de ponerlo en el suelo y el peso la hizo caer. *¿Qué tienes, Rocamadour?... Dios mío,* sollozó.

—Tiene una herida en la espalda —dijo la loca.

XXII

Alcofrybas quería escribir un poema a la muerte de Rocamadour. Era un modo de purgar su culpa en lo que había pasado, y también una forma de jurarse que no sentía alivio por saberse vivo gracias a su rival. (¿Lo sentía en realidad? Alcofrybas hacía lo posible por no sentirlo, y ello lo había vuelto ansioso, un poco enemigo de sí mismo.) Consideraba el poema el camino más directo al lugar en el que debía encontrarse ahora el de nombre francés, hacia la dimensión desconocida en la cual todo se aplaza, se desorganiza o, quizás, se destruye. Era igualmente un gesto para con Mujer, un ruego de perdón, un homenaje por la vía más dolorosa.

A partir del momento en que supo lo sucedido comenzó a experimentar una especie de vergüenza ciudadana, un escozor de la conciencia si se encontraba en público, y se prescribió un encierro de duración indefinida, para meditar e implorarle al olvido. Pasados unos días comprendió que, simbólicamente, su conciencia había decidido de antemano que la hora del regreso al trato de sus semejantes debía coincidir con la terminación del poema. Era algo así como una ablución, el permiso para seguir viviendo.

Sin embargo, el poema se le escurría de entre las manos. Quizás por haberse sometido a él con tanta persistencia, no atinaba con una imagen de la que manara la energía buscada. Alcofrybas quería invocar una gratitud, pero oscuramente, y sabía por añadidura que esa gratitud debía ir montada sobre una tensión, sobre un rechazo bilateral, reflejo de su pulseo con Rocamadour desde la noche inolvidable en que Mujer le relató la aparición en sus sueños del de nombre francés, empecinado en perfumarla con su simiente.

Según había razonado alguna vez, la personalidad de Rocamadour tendía al movimiento —de una manera indecisa, era probable, pero tendía al movimiento—, no físico, sino emocional, como esos poetas de cadencia acezante, pero de ideas que restallan en el verso. De modo que se comprometió a escribirle un poema que recordara las energías prestas a crecer, algo que permitiera la evocación de los pilares de tendones visibles de las catedrales góticas, y, paralelamente, la perenne contradicción de los mares, cuyas aguas van y vienen frente a las costas, van y vienen sin respiro, más deprisa o más sutiles, sugiriendo que de una vez a la otra ya no son las mismas aguas, que se gastan y se renuevan, pero sin cansarse. *Un poema como una escultura*, pensó Alcofrybas, mas debe ser una escultura breve, que se cante y se ofenda a sí misma, y que le agrade a Mujer, que la emocione y la tiente a buscarme, aunque enseguida desista por una de las tantas razones que de ahora en adelante nos mantendrán a raya.

Terminó el poema a Rocamadour una mañana temprano y le pareció que le había escrito un buen homenaje, que englobaba su pesar y una simpatía que nunca creyó sentir por el de nombre francés, y era al mismo tiempo un guiño inevitable a Mujer, a quien no veía desde antes de la tragedia. Entonces se dio permiso para salir.

—Apúrate —decía la mujer—, que tu padre te
está esperando.
—No quiero —lloriqueó el niño—, no quiero.
—Hoy tienes que ir con tu padre, hoy es el
día que él tiene para sacarte a pasear
—explicó la mujer.
—Ese no es mi padre —aseguró el niño—, yo lo sé.
—Tú no sabes nada —dijo la mujer, comenzando a
molestarse.
—No es mi padre —dijo el niño, con voz firme—.
Yo no quiero un padre blanco.
—Cállate —gritó la mujer—, yo sé mis cosas.

Alcofrybas llevaba una sensación como de convale-
cencia cuando llegó al Prado después del mediodía y se
sentó un rato a mirar para ninguna parte, a preguntarse
qué haría en lo sucesivo, cómo lo tratarían los amigos, la
gente conocida que estaba al tanto de la muerte de Rocamadour.

El ruido belicoso del trueno lo sacó de sus cavilacio-
nes. Levantó la vista y supo, en efecto, que llovería de un
momento a otro. Se incorporó sin muchos deseos de irse
de allí; más bien lo hacía por una disciplina para con su
cuerpo. Recordó que desde días atrás deseaba encontrar un tomo sobre etimologías, por lo que se dirigió a la
biblioteca, unas cuadras más adelante. El aire se notaba
espeso, una golondrina al pasar se fue prolongando en
un chillido que portaba algo de asombro, y Alcofrybas
apretó el paso. Cuando hollaba el mármol blanco de la
escalera que lleva a la sala de lectura el espejo del des-
canso le ofreció en retrovisión un cuadro de la calle agi-
tada por los primeros flechazos acuosos y la gente
desperdigándose y gesticulando.

Terminó de subir y descubrió al costado del salón una
mesa adornada por la somnolencia de una muchacha de

cabello recogido sobre la cabeza con planificado descuido. Al acercarse notó que la muchacha tenía sobre la mesa, a manera de anuncio, la siguiente frase:

> Que el goce artístico no se nos convierta,
> de pasión en costumbre.
>
> Eucaris

Alcofrybas releyó la advertencia. Después llamó:

—Eucaris.

—Dígame —respondió la muchacha sin reconocerlo todavía, mostrando que había estado durmiendo sobre *Las iluminaciones* de Rimbaud.

—Yo venía... —comenzó Alcofrybas, despacio, para darle tiempo a desperezarse y reconocerlo.

—Alcofrybas... —balbuceó por fin Eucaris, verdaderamente sorprendida según parecía.

—Venía... —reiteró él, confiado, cuando un rayo hizo estremecer la sala y la lluvia entendió en la explosión como un permiso para derramarse sin otras consideraciones.

Eucaris estaba ya de pie, recelando graciosamente de los metales del aguacero, mirando con reiteración hacia una ventana a unos dos metros del piso, por cuyos resquicios se deslizaban uno, dos, tres arroyuelos veloces que convergían en un charco expandiéndose como un diminuto mar de utilería.

—Ayúdame a correr la mesa —le pidió a Alcofrybas, resuelta ahora, preocupada por los tesoros bajo su guarda.

Alcofrybas se movió hacia ella, pero entonces sintieron una sacudida y vieron las hojas de la ventana batir con desesperación, mientras la lluvia desplegaba su danza por todo el recinto. El libro de Rimbaud salió disparado y fue a golpear contra unos estantes, parecido a como se disparó unos segundos atrás aquí, en el lugar donde reescribo esta página, *La vita nuova*, de Dante, bajo otro aguacero de agosto. Solo con una lluvia como esta, que despierta un sucesivo golpear de ventanas y parcos centelleos en la cercanía, he sido capaz de imaginar la escena de la biblioteca donde Alcofrybas atinó a coger una silla y corrió a colocarla bajo la ventana.

Eucaris, detrás, le advirtió:

—Deja que yo lo haga. El cierre es complicado y solo yo lo entiendo.

Entonces luchó por subir a la silla y luego de forcejear con las hojas animadas por el viento y los rafagazos cíclicos de la lluvia, comprendió que aún no llegaba a la altura del cierre.

—Tráeme algo —gritó—, cualquier cosa para estar más alto —y en la espera se encogió, de modo que el marco quedara por encima de su cabeza, protegiéndola.

Alcofrybas buscó ágil por la sala, mas no encontraba nada bueno para usar como banco, y sin pensarlo mucho indagó entre los libros más gruesos del estante próximo.

Empinada sobre *La montaña mágica* Eucaris maniobraba con seguridad y pronto la ventana fue contenida y el vendaval se redujo a una insistente llamada contra la madera. *Por fin*, suspiró desde su repentino pedestal y Alcofrybas la observó toda mojada, con el agua paseando todavía por su cara y la blusa ceñida, filtrando la pequeña cadena de plata como una incrustración en la porcelana del cuello.

Solo un rato después pudo preguntarle por El Figura, con quien nunca había intercambiado correspondencia, y supo de la muerte de su antiguo socio. *Ya me había dejado de querer*, le confesó Eucaris y él vio en su mirada el ruego de que no la entendiera mal.

—No me entiendas mal —dijo ella—, el hecho de que ya no me quisiera no provocó mi indiferencia. El Figura fue mi hombre hasta hace un año y pico, cuando se marchó.

Subrayó *mi hombre* con orgullo retroactivo, pero miró a Alcofrybas con la cabeza erguida, representando una altanería que él no le descubrió ninguna de las veces que la viera cuando visitaba al Figura. Al despedirse, Eucaris lo hizo prometerle una visita.

—No sé... —dijo él sin agregar otra cosa, pero en la duda ya iba la afirmación.

—Cuando tú quieras —añadió Eucaris—, siempre después de las cinco.

Alcofrybas pensó que no debía ir a visitarla. Algún pesimismo le indicaba que cualquier relación con la antigua mujer de su amigo estaba de antemano contaminada por el remordimiento. La más ingenua amistad ya no podía ser ingenua, y él, además, comenzaba a cansarse de las mujeres cuyas apariciones le recordaban inmediatamente a otros hombres. De momento se dirigió al mar Prado abajo, atravesando la ciudad recién lavada y vio cómo los brillos de la lluvia obligaban a un receso en la tensión del verano, y unos niños que venían medio desnudos de charco en charco le hicieron evocar su propia niñez.

El paso siguiente era evocar a su padre y Alcofrybas se dio a ello con alivio. Como José Cemí cuando se resguardaba en su madre, ahora él con la memoria del padre se había labrado un talismán. Pensando en el viejo encontró una calma que no reconocía desde semanas atrás, y las cosas por venir le parecieron soportables, y recordó que no había vuelto a pensar en su libro, y se dijo que no podía seguir esperando para publicarlo.

Superó el pequeño malecón de Cienfuegos y siguió más allá, donde unos chalets salteados, con framboyanes y orquídeas al frente están separados del mar por una callejuela siempre a la sombra. Animado por el sol de regreso en un costado del cielo, buscó un lugar en la playita para dejar la ropa y se metió en el agua. Nadó unos metros rumbo al centro de la bahía, celebrando la calidez del agua y la soledad del lugar, y se quedó tranquilo bocarriba, moviendo apenas las piernas para mantenerse a flote, concentrado en el chillido de unas gaviotas a su espalda. Después, sin cambiar de posición, hizo pasar por su recuerdo las caras de las personas a quienes, de una u otra manera, había querido en los últimos años. El rostro de Mujer le produjo un estremecimiento del que no se ausentaba la parte sexual. *Qué lastima, Mujer, qué lastima*, murmuró y trató de recordar a otras personas. Pensó en El Figura y le dedicó una palabra de despedida y otra de perdón por lo que pudiera suceder. Seguidamente vio el rostro de Crosandra y la mente se le llenó de indecisión, y en la cara de Eucaris, que vino después, había una espectativa que lo molestaba. La última en venir a su memoria en aquel ejercicio toscamente filial fue la rusa, a quien no veía desde los días de la partida del Figura. *Quién sabe si ya no viva en Pueblo Grifo,* se dijo, *quién sabe si ya el ingeniero haya logrado sacarla del apartamento, quién si no estará ahora en Voronezh acordándose de Cuba mientras prepara las conservas de comer en el invierno.*

El único contacto que le quedaba con Svieta era un libro que ella le propuso leer una vez y Alcofrybas, en efecto, leyó de un tirón y lamentó que no tuviera el doble de las páginas que en realidad tenía. Se trataba de *El maestro y Margarita*, la novela de Mijail Bulgakov que aún conservaba, pues quiso desde el principio que la rusa se olvidara de que se la había prestado, para quedarse con ella.

—Ustedes los rusos no se cansan de hacer proselitismo —le dijo Alcofrybas cuando Svieta le habló en superlativo de la novela, pero ella, cínica, le replicó:

—En eso de hacer proselitismo los cubanos fueron magníficos alumnos nuestros. Fíjate que no hay nada, celestial o terreno, que ustedes no aseguren que les sale mejor que a nadie. Afirman tener las mejores playas, a pesar de las de Hawai; el mejor helado, a pesar de Nestlé; los mejores rones, a pesar de los de Jamaica; el mejor ajedrecista, a pesar de Boby Fischer y de Gary Kasparov, la mejor bailarina, a pesar de Galina Ulánova y de Maia Plisétskaia, y las mujeres más perfectas, a pesar de tantas otras mujeres bellas. Dicen ser los mejores amantes, los mejores deportistas, los mejores músicos y hasta los mejores patriotas.

Alcofrybas le replicó con una sonrisa, pues le reconocía algo de razón. Ella, apaciguada, insistió:

—Pero lee la novela, no te vas a arrepentir.

No solo no se arrepintió, sino que le pareció estupenda. Él, que no tenía a mano muchos elogios para los libros famosos, no se cuidaría de hablar bien de éste, pero con razón. Hizo, además, algo que no es recomendable hacer con otros autores, algo que sería desastroso llevar a cabo, por ejemplo, con Giovanni Papini o con Lisandro Otero: leer todos sus libros, o una parte cercana al todo (Bulgakov y Vargas Llosa pueden ser agotados sin lamentarlo).

La *Summa* bulgakoviana incluía el epistolario y Alcofrybas, tras leer algunas cartas, supuso que Mijail Afanásievich representaba algo así como al Van Gogh eslavo. *No hubiera imaginado que un talento tan grande fuera a verse acosado de tantas maneras,* le comentó a Mujer una de las veces en que trataban de explicarse los misterios del arte, y ella le contestó: «Nada como el arte para encontrar resistencias, para engendrar recelos.

171

El miedo de Stalin ante el teatro de Bulgakov es una prueba pequeña, si bien ningún artista debiera sufrir los miedos del poder. Algo ha cambiado el mundo y, sin embargo, muchos siguen achacando a los artistas una peligrosidad previa, como una amenaza de contagio.»

Alcofrybas, saliendo del agua, recordó una carta en que Bulgakov le contaba a su madre sobre el frío que pasaba en Moscú, allá por 1921, cuando una libra de pan negro podía valer 4600 rublos, y una butaca en el Bolshoi hasta 150 000. Las tiendas estaban repletas, pero casi nadie podía comprar. Los cafés exhibían bebidas exquisitas, pero el dinero era como sal en el agua, y Alcofrybas se sintió identificado con aquel hombre que no renunciaba a escribir a pesar del hambre, a pesar de que sus obras no iban a escena, o eran sacadas de la cartelera a los dos o tres días. *Tiene que haber sufrido mucho para pedir que lo dejaran irse de Rusia*, pensó sentándose en la arena, buscando sin confesárselo un mínimo paralelo entre la vida de Bulgakov y la suya, así fuera por el hecho de que él ahora era un paria del afecto. [12] Justificaba su acercamiento al gran ucraniano con una idea de Alejo Carpentier, aquella que asegura que el Hombre es a veces el mismo en diferentes edades, y

[12] Conquistado por la vanidad, Alcofrybas, poeta inédito, se identificaba con el destino de Bulgakov, y ello, misteriosamente, lo animaba. Pero era cierto que lo habían impresionado sus cartas al gobierno, al propio Stalin y a intelectuales influyentes de la época. Quizás esta carta del 3 de septiembre de 1929, que traduzco del ruso, haya sido una de las que más recordaba Alcofrybas:
A: A. M. Gorki.
Respetable Alexei Maximovich:
He entregado al Gobierno de la URSS una solicitud para que se nos permita, a mi esposa y a mí, abandonar las fronteras de la URSS en el plazo que me sea impuesto.

colocarlo en su pasado puede ser también colocarlo en su presente. No lo inquietaba el pensamiento de que se trataba eventualmente de un hombre cienfueguero con un pasado moscovita, y tampoco deseaba atender a coincidencias tan vanas como los brillos inalcanzables de los comercios en ambos tiempos. Se gestionaba, hiperbólicamente, una similitud con un creador excepcional, convencido de que quien se apresta a ingresar a las estepas del Arte, debe creer en sí mismo; creer para crear, y no al revés.

Una gaviota de plumas manchadas atrapó un pez y fue a posarse veloz sobre una boya de oscilar cansado. Sobre la boya de oscilar cansado temblaba el pez atrapado por la gaviota de plumas manchadas. Alcofrybas se dispuso a marcharse. Comenzaba a oscurecer y la brisa que soplaba del mar trajo las notas de la sirena de un barco. Terminaba de vestirse cuando la sirena, algo más cerca, reemitió su quejido y el barco apareció ante sus ojos: una nave blanca que venía a convalecer a la bahía después de semanas y semanas en alta mar. Alcofrybas se quedó mirando al puente y leyó el nombre: *Chaika*. «Todavía vienen barcos rusos a Cuba», pensó.

—En ese barco viene mi hijo —dijo a sus espaldas una voz.

Le ruego, Alexei Maximovich, que apoye mi gestión. Desearía, en una carta más detallada, ponerle al tanto de todo lo que me sucede, pero mi abatimiento y mi desesperanza son inconmensurables. No puedo escribir nada.

Todo me está prohibido, me siento deshecho, envenenado, en total soledad.

¿Para qué mantener a un escritor en un país donde sus obras no pueden subsistir? Pido una decisión humanitaria: déjenme partir.

De quien lo respeta,

M. Bulgakov.

Encarecidamente le ruego me haga saber de la llegada de esta carta a sus manos.

173

Alcofrybas se volvió, sorprendido por la cercanía de aquella persona a quien no había escuchado llegar y se encontró frente a una mujer arropada grotescamente, con los brazos llenos de pulsos metálicos manchados de herrumbre y de tierra.

—Ahí viene mi hijo —insistió la loca—, mi hijo que estudia en Siberia. ¿Tú lo conoces?

—Claro —respondió Alcofrybas, por tal de no contradecirla.

—Se graduó este año. Estudió para cineasta —articuló las sílabas de *cineasta* con un ritmo asmático, como si se tratara de una palabra de otra lengua— y viene ahí —señaló el barco y subrayó la frase con un remeneo de los pulsos.

—Sí.

—¿Tú lo conoces?

—Claro.

—¿Eres su amigo?

—Sí.

—¿Eres cineasta? ¿También?

Alcofrybas hizo silencio. A medida que fue hablando, la mujer comenzó a parecerle conocida. Era posible, por supuesto, que se la hubiera encontrado en alguno de sus tantos paseos por la ciudad, pero, sin saber la causa de la suposición, pensaba que su posible roce con ella era más preciso; breve pero preciso.

—¿Cómo te llamas? —le preguntó.

—Gertrudis.

No. Por el nombre no la recordaba, aunque posiblemente aquél fuera un nombre falso, uno de los tantos con que se tocaba la loca, según le vinieran a la mente. Un rumor en el recuerdo lo hizo agudizar el sentido y entonces tuvo la certeza de que no suponía por suponer; había sido El Figura quien le habló de la mujer, de su aparición frente a la estación de la policía la vez que lo llevaron preso por hurtar y sacrificar vacas. En otro momento cualquiera Alcofrybas no hubiese prestado atención al vínculo de la loca con su amigo, pero ahora no pudo evitar la presencia de algunas supersticiones. Los sucesos de los últimos tiempos: la fuga de Mujer, su aparición al lado de Rocamadour en los alrededores del parque Martí, la muerte del de nombre francés y la sensación de culpabilidad que ello le trajo, la soledad en que de pronto se encontró, lo obligaban a interpretar la aparición de la vieja de los pulsos desde una posición angustiosa. [13] Se dio cuenta de que le tenía miedo y quiso alejarse de aquel lugar que perdió de repente el encanto y se convirtió en una molesta orilla de mar con un barco inexpresivo alejándose en busca del muelle donde dormitaría las jornadas que tardaran en descargarlo, con unos mosquitos traídos por el derrumbe del sol sobre el Castillo de Jagua, y con una mujer a la cual no deseaba cerca.

Echó a andar con paso suelto, sin volverse, malhumorado, pero la loca no estaba dispuesta a despedirse de él

[13] El paso fugaz de esta vieja por la novela no obedece a una actitud sencillamente alegórica. No se me escapa el detalle de que, desde su primera aparición hasta que la encontramos de nuevo, transcurren tantas páginas que bien pudiste haberla olvidado. Este proceder, censurado entre otros por el erudito piamontés Umberto Eco, es en realidad mi rugosa manera de evocar las tres veces que he leído *La guerra y la paz*, del conde Lev Tolstói, algo que ha ocurrido en una proporción temporalmente similar a las incursiones de la loca de los pulsos al territorio de *Llena eres de gracia*. Ahora bien, con esta confesión no quiero desacreditar la importancia que como vocero de la fatalidad se ha abrogado, porque esta mujer no es, técnicamente, una creación mía. En algún pueblo del centro de la Isla, algunos querrán dar fe de ella.

con tanta facilidad. Ágil como Alcofrybas no hubiera imaginado, avanzaba a su lado, cacareando todavía lo de la llegada de su hijo en el *Chaika*. Alcofrybas decidió guardar silencio, a ver si ella, aburrida, se apartaba, pero era como si le estuviera implorando compañía.

Llegaron de vuelta al malecón. Un grupo de jóvenes avanzaba hacia ellos, unos andando sobre el muro y otros por la acera, gritándose fingidas ofensas, riendo y pasándose una botella de bebida. La loca esperó a que se acercaran y los hizo detenerse.

—Miren —anunció—, este es mi hijo —y les mostró a Alcofrybas.

Los jóvenes prefirieron no burlarse. Asintieron, volvieron a mirarlos y uno dijo:

—Ah, sí.

—Mi hijo —insistió la loca—, que estudiaba en Siberia y vino en aquel barco. Yo lo recibí en la playa.

Ahora rieron algunos, otro comentó:

—La pobre, qué loca, qué *crazy*.

Alcofrybas sintió vergüenza. Pensó en murmurar alguna justificación, pero comprendió enseguida que sería absurdo y se fue apurado, casi corriendo malecón arriba. La loca, al ver que no lo podría alcanzar, lo llamó a gritos, le suplicó, y terminó sollozando: *Pobre hijo mío; tiene una herida en la espalda.*

XXIII

Después de algunos días y dos llamadas telefónicas, había quedado con Eucaris en verse en un bar, porque, de momento, no deseaba ir a la casa del Figura. Camino al encuentro todavía no sabía para qué se dio cita con ella, aunque —había llegado a pensar— quizás fuera una manera de escapársele al aburrimiento y a la soledad.

Conocía el bar por referencias, porque era una de las cosas más comentadas en la ciudad, desde el momento en que tener un mínimo comercio pasó a ser una posibilidad para cualquier particular. Se llamaba «El séptimo círculo», y lo único malo era su ubicación, allá en Punta Gorda, a donde no era fácil llegar de noche.

Alcofrybas salió antes de las ocho, para tener tiempo a su favor. Llegó en menos de una hora y el hormigueo frente a la puerta le advirtió que el bar podía estar lleno. Tenía que entrar para asegurarse una mesa. Se abrió paso y entonces vio sobre la puerta el cartel:

> *Lasciate ogni speranza,*
> *voi ch' entrate*

Sonriendo, empujó la puerta y no supo si celebrar o reírse del decorado del recinto; del tino o el chasco de los dueños al encargar para una pieza reducida de un chalet de los años 50 aquella atmósfera de taberna con diferentes gradaciones de rojo; desde el frágil rosa hasta el marrón. Era una suerte que la pieza se alargara hasta una terraza en la que una enredadera hacía de bóveda y unos focos rojo pálido redondeaban la sensación de vaguedad, de estar en ninguna parte. El bar estaba poblado por todo tipo de gente: rockeros, trasvestis, ciertos caballeros de nariz canina. En una mesa, aparentes jóvenes de bien discutían acaloradamente sobre un libro que uno de ellos consideraba muy bueno y otro un engaño, un gesto hipócrita de su autor. Se titulaba *Otras versiones del miedo* y había sido publicado por Ediciones Unión.

Había algunas mesas libres y Alcofrybas ocupó una, y mientras esperaba a Eucaris ordenó una cerveza.

Las camareras eran jóvenes vestidas de negro, con chaleco y pantalón, y bajo el chaleco no llevaban otra cosa que la piel. «Aquí tiene», le dijo la que le traía la cerveza y al levantar el brazo fue como si un pezón musitara bajo el chaleco.

Alcofrybas bebió. Había notado que la música se mantenía baja y se dijo que el lugar estaba hecho para una ceremonia más personal, cuyo recogimiento no era costumbre en sitios de aquella índole. Pero no tardó en darse cuenta de que los parroquianos no andaban precisamente en busca de calma. El sentido de «El séptimo círculo» era otro, era una especie de *performance* en la que todos quedaban envueltos al entrar, incluso él, que comenzó a sentirse importante en su aislamiento, a degustar junto con la cerveza las miradas que, desde las mesas vecinas, lo buscaban adustas, pícaras, recelosas.

Como Eucaris tardaba, pidió otra cerveza.

Una palabra a sus espaldas lo hizo volverse y entonces descubrió a Crosandra. Estaba vestida de camarera y

Alcofrybas pensó que, a pesar de su delgadez, sabía lucir el atuendo como ninguna. El chaleco le daba al busto una apariencia altanera, y su piel aindiada, ahora brumosamente roja, lo inclinaba a una melancolía sin mucha justificación.

Por primera vez en la noche se sintió incómodo. No sabía si quedarse, abandonar «El séptimo círculo», saludar a Crosandra o aparentar que no la había visto, que no la recordaba. Ella iba y venía con los vasos de bebida, cobraba a unos clientes que ya se marchaban y se detenía en una mesa en la terraza donde unos hombres con pinta de extranjeros la invitaban a brindar, le dejaban las manos un rato en la cadera y después reían en alta voz.

Alcofrybas maldijo la ausencia de Eucaris.

Llevaba en el lugar cerca de una hora y empezaba a temer que no viniera. Llamó a una muchacha para recordarle que deseaba una nueva cerveza y ella se disculpó por la tardanza. Él se entretuvo mirando a alguna parte y cuando escuchó *Aquí tiene, señor*, comprendió que se trataba de Crosandra.

—Buenas noches, Crosandra —le dijo finalmente, pero ella no le respondía. Esperaba para cobrar y mientras tanto sostenía la bandeja en la que trajera la cerveza con una solemnidad exagerada.

Alcofrybas insistió:

—¿De verdad que no te acuerdas de mí?

Sonrió ella, persistió:

—¿Quién eres tú?

—Alcofrybas —dijo él y antes de terminar la palabra ya se sentía ridículo.

Crosandra tomó una silla y se sentó.

—No —aseguró—, Alcofrybas es un nombre de juguete. Pero en la vida real ni tú mismo sabes quién eres.

Alcofrybas no le respondió. Verdaderamente, no hubiera esperado una frase como aquella. Era tan tajante que lo ponía a pensar, y Crosandra, que vio el aprieto en el que estaba, lo miraba ahora con burla. Parecía dispuesta a provocarlo, como si hubiera estado esperando una oportunidad, fabricándose una vendetta. Alcofrybas la miraba y comprendía que ahora ella tenía razón; *es más,* pensó, *estas cosas bien me las pudiera estar diciendo Mujer, pues hay algo de real en ellas.* Y la cerveza, su ánimo y las brumas de «El séptimo círculo» le produjeron la sensación de que eran dos las mujeres que, por distintas causas, lo acusaban de egoísta, o de inmaduro, no sabía bien. Soportó por un rato las caras de Crosandra y de Mujer, explicándole su propia tragedia:

—Lo que pasa es que tú crees que comienzas en ti —(Crosandra).

—En última instancia te queda el recurso de ti mismo —(Mujer).

—Y no te das cuenta de que, si acaso, en ti prosigues las chapucerías de otros —(Crosandra).

—Incluido tu padre —(Mujer).

—Te defiendes tanto que te defiendes de ti —(Crosandra).

—Tanto te quieres que hasta lástima te tienes —(Mujer).

—Así que respóndete esto: ¿Quién carajo eres? —(Crosandra).

—Eres... tú eres un tipo sin prójimo —(Mujer).

—Sin prójimo y sin sombra —(Crosandra).

—Un tipo apócrifo —(Mujer).

—Vete a la mierda, Crosandra —(Alcofrybas).

Crosandra sonrió. *Está bien,* dijo y se paró de la mesa y antes de darle la espalda le hizo con la mano un gesto de despedida. Después lo dejó solo con su cerveza y con la idea de que todo era absurdo, y de que no sabía ni para qué había ido allí, y de que necesitaba seguir bebiendo.

La agresión de Crosandra lo había tentado a preguntarse íntimamente quién era en realidad, pero al mismo tiempo se dijo que ni en secreto iba a darle el gusto de hacerlo. Era quien era, porfió; a fin de cuentas no todos tenían la suerte de José Cemí, de contar con una inexpugnable retaguardia filial. Gente como él —el lezamiano, no el mío— podían sufrir, pero sus calvarios siempre resultaban honorables, con tendencia a lo altanero, incluso. En sus búsquedas, en sus caídas había una planificación, una previsibilidad y una nobleza reconfortantes. Los otros, en cambio, los bastardos de algún tipo, podían llegar a sufrir desordenadamente, más lejos de la compasión de sus semejantes: personajes como ellos, o lectores como tú.

Risotadas al fondo de «El séptimo círculo», en la parte de la terraza, lo invitaron a mirar, alejándolo de su moderado patetismo. Vio a unos jóvenes de pie, aplaudiendo y dando voces y a otro que saltó sobre una mesa, tocado con un bonete blanco de galones dorados y una camisa de vuelos que ondeaba al compás de los brincos que daba el trasvesti. Su acto consistía en brincar con las manos en alto, moviendo a los lados las caderas y acompañado por gritos de guerra. De repente saltó hacia otra mesa y se quedó tranquilo, en espera de aplausos. Después volvió a gritar con las manos en alto. Las camareras se habían reunido en un rincón a observar al gritón, acostumbradas quizás a aquel tipo de ejecuciones.

De una mesa al otro lado de la terraza, alguien vociferó:

—Bajen de ahí a ese pájaro. Túmbenlo de un botellazo.

El trasvesti lo escuchó por sobre el bullicio y detuvo su maniobra. Pegó un salto carnavalesco y cayó al suelo como un acróbata que exige aplausos. En el silencio que sobrevino se le oyó declamar:

—Pájaro no, amor, Polichinela. Mi nombre es Polichinela.

—Yo me cago en tu nombre, pajarito —afirmó el otro—, en tu nombre y en ti.

—¿Verdad, papi? —preguntó Polichinela y después se dirigió a sus amigos.

—¿Qué les parece? —trinó.

En la punta de los pies, seguido por sus colegas, simuló danzar hacia el hombre que pretendiera bajarlo a botellazos de la mesa. Frente a él, reclamó la atención de todos.

—¡Miren a Polichinela!, —exclamó y con un movimiento brusco se dejó la verga al descubierto.

Giró una, dos veces sobre sí mismo con el pabellón a todo viento. Tremolaba la pica y la gente aplaudía, protestaba, chiflaba por chiflar. Polichinela por fin avanzó hacia su rival y se le paró enfrente. Con la pica martilló sobre la mesa y rio burlón. El otro ahora pretendía hacerle saber que no deseaba problemas pero él, viendo su desconcierto, replicó:

—Ah, no, amor; ahora tienes que disculparte con ella.

Los demás trasvestis, como un coro griego, insistían para que el hombre se disculpara.

El hombre no sabía cómo iba a salir del trance. Con divertido tragicismo, Polichinela repetía que le pidiera perdón a su animal y daba a intervalos divertidos mazazos sobre la mesa. El coro griego, con las manos en alto, hacía un semicírculo en torno al hombre y emitía un sincrónico *¡ohh, ohh, ohh!* que retumbaba en «El séptimo círculo». El hombre amagó con escapar, pero el coro se lo impidió. Lo obligaron a sentarse, le atenazaron la cabeza y le abrieron paso a Polichinela. El prisionero se debatió, inútilmente; apelando a un arrojo final gritó algunas frases que solo conseguían exaltar a los otros.

—Maricones de mierda —rugió—, suéltenme para que vean.

—Agárrenlo bien —chilló Polichinela—, que me le tiene que pedir perdón.

—¡Perdón, perdón, perdón! —rugía el coro.

Con una mano Polichinela se agarraba el animal y con la otra estirada exageró una reverencia ante el prisionero. Avanzó después hacia él y le colocó el animal frente a la cara.

—Pídele perdón, amorcito —mandó.

El prisionero callaba, aparentando una dignidad que lo volvía, más que todo, ridículo. Polichinela simulaba poseer todo el tiempo del mundo. Sonriendo, susurró:

—Discúlpate, vida. Discúlpate rápido.

—Perdón—, dijo el otro.

Polichinela se quedó serio y sus amigos guardaron silencio. Entonces se dio la vuelta y levantó hacia el público el animal. Era una verga de plástico.

—¡Bravo! —gritó el pelotón de Polichinela— ¡Bravo!

—¡Bravísimo! —gritó Polichinela, celebrando su propia audacia.

—¡Que no se mueva nadie —gritó otra voz—, es la policía!

Salidos de quién sabía dónde los policías barrían «El séptimo círculo» con una prisa impersonal, rutinaria. Alcofrybas vio cómo se llevaban entre los primeros a Polichinela, al coro y al hombre recién humillado; después fueron sacando a los demás clientes, hasta que llegó su turno. *Carné,* le dijeron y le confiscaron el carnet de identidad.

En la estación las horas volvieron a ser lentas. El ajetreo con los detenidos, las preguntas a que los sometían mientras él esperaba para correr el mismo trámite, terminaron de revocarle cualquier esperanza. Cuando por fin los dividieron en dos grupos, los que ingresarían a una celda cuyos chirridos se aproximaban desde el fondo de la estación como una llamada grotesca, y los que saldrían a la calle al amanecer, reparó en que también Crosandra estaba allí. *Por lo menos podremos irnos en una hora*, comentó otra camarera y Alcofrybas, viendo su piel por debajo del chaleco negro, se estremeció de frío por ella.

Sin darse plena cuenta de lo que hacía, se puso a observar luego a Crosandra y comprendió que no tenía sentimientos negativos para con ella. Adusta en una esquina del banco, con los pies levantados para que hicieran de mampara y la defendieran de la frialdad de la madrugada, emitía un tipo de belleza lejana, difícil de prever.

Alcofrybas se puso de pie e inició un paseo por el salón. Como nadie lo atajó, siguió caminando hasta la puerta y le dio a entender al policía que la guardaba que no pretendía escapar. Se fue otra vez al fondo y cuando regresaba a la puerta vio entrar a la rusa. Tuvo tiempo de sentarse en un banco y esconderse detrás de otro detenido. Svieta, que venía buscando a ambos lados del salón, llegó hasta un poco antes de donde él se encontraba y se detuvo. Crosandra se incorporó y se abrazó a ella.

Alcofrybas se las arregló para que Svieta no lo viera. Tuvo que esperar hasta última hora para recoger el carnet de identidad, pero logró su objetivo. Cuando salió ya Crosandra y su madre se habían marchado. El descubrimiento, sin embargo, le sirvió de alivio, un alivio impreciso, era cierto, del cual no era posible esperar ningún beneficio, pero no importaba.

Recordó la imagen de Crosandra minutos antes, cuando esperaba la hora de ser liberada. Recordó otras imágenes que conservaba de ella y se le ocurrió homenajearla con una frase de Dostoievski. «Al fin y al cabo es medio rusa —murmuró—, pues siempre termina dejándose prender en la llama del cohete ignorado que lleva dentro.»

Cruzó la calle en busca de algo que lo llevara a su casa y entonces vio a Eucaris. Venía rápido y al llegar junto a él todavía no había tenido tiempo de deshacer la expresión doble de susto y culpa que pintaba su rostro. Alcofrybas la esperó, pero temía que la noche recién vencida hubiese anulado sus deseos de estar con ella. Eucaris le dio un beso, se detuvo a mirarlo, le dio otro beso sin hablar y cuando Alcofrybas comprendió que iba a iniciar el discurso que justificara su ausencia a la cita, le pidió cortésmente que callara. Sabía —creía saber— que los senderos de su jardín volverían a bifurcarse y no estaba convencido de tener la sagacidad indispensable para tomar por el lado correcto. Sometido a una autoinquisición, reconocería de inmediato su adicción a Mujer (*Si la eterna sabiduría me destinó a Mujer, ¿por qué hacer otra cosa?,* se había repetido a veces, forzado por el recuerdo de sus días junto a ella), pero el retorno a Mujer era imposible. Allí estaba pues, frente a Eucaris que lo interrogaba desde el silencio, mas tampoco deseaba ahora proceder desde su individualismo. *¿Y bien?,* se preguntó mientras la observaba maquillada levemente, con el pelo castaño por los hombros, su 1,62 de estatura y sus 127 libras de peso. Más concentrado, pensó en su piel lisa, en su boca abultada y pudo imaginar el musgo brevísimo de su vientre y los pezones que acapararían todo el bulto de sus senos. *¿Y bien?*

LEVES PELIGROS URBANOS

La añoranza [14]

Llevaba el perdón una muchacha,
llevábanle hojuelas y sueltos ademanes,
la verja bosquejando su pulso pagano
en el día de Venus, el jardín otros verdes
no el que cincelaríamos después.
Explica la leyenda que el animal era florido
y el firmamento organizaba la madera
de una palabra que nos esforzábamos en realizar.
En la inacabable jornada hacia nuestras personas
abríase camino la arena, el decir un comienzo
nos flechaba en la alquimia, fundidos
en humildes adversarios.
Parecíamos azulosamente convexos,
el morral colindaba con un mes de sombras flexibles
como la cuerda del arco moribundo,

---

[14] Estos son los poemas que el autor pudo leer en Cienfuegos, como un sedimento cifrado en paredes que tendían cada vez más a los arrabales. Hacia el centro de la ciudad no abundan las tapias descuidadas y solo es posible, con mucha suerte, divisar un verso aislado, alguna palabra que ahora significa otra cosa. Cerca de un altivo comercio en los alrededores del hotel San Carlos reza una sentencia: *Yo no comienzo en mí; en mí prosigo...* Pero bien, ¿quién puede asegurar que todo es obra de Alcofrybas?

la postergada disolución del gamo
en la pupila de una mujer ordinaria.
Aquel día era el deber del agua
pero nadie vino a bramar
en la inercia del corazón.
Deseaba como una máquina repetir a la muchacha,
multiplicaría sus noches en una espera que ya no existe
para verla descender,
transparente campanada, sílaba, recuerdos de un dios.
Alguien recargaba el paisaje con las patas de una
bestia, otros verdes, no el que nos saludaría más tarde
el perdón de los folios en que se precipita
la muchacha, el fulgor de la coraza
donde a veces se engasta su figura
mientras su nombre se retira
y evocamos un cuchillo en lenta marcha,
desencajándose
con la
redondez de la intemperie.

Será en el sitio donde se posa el quejido
de los renos, su dolor alargado por
misterios de nubes, la conciencia
de que se ahoga un grito adolescente aún
allí frente a donde nos atrevemos
a chocar cuántas copas.
Zumbidos sostienen el curso
de la sentencia hacia las cúpulas
y el agua dice un verso en el que cabe
todo el frío con que silbamos.
Regalado desorden, ni la nota
de la hetaira en la piedad de los vinos
podría hoy agostarse en tu pecho.
Contraten al artista que sabe pronunciar
el destino de los renos, su alivio ruin.
Contraten al artista que miente.

Fermentación de las aguas

Acá me traje un mar
dorado de silencios
y el nombre de la espuma era el estuche
para mis restos de nostalgia.
Soledad que presides los amaneceres del diestro:
el redoble
del mar cuece un desafío
que ya no dispersas.
Alabanzas cumplidas, escrituras
a donde van a mecerse las mujeres
más olvidadas de la anterior comarca. Llega mademoiselle
la de los brazos robados
y se equilibra en el amor
a manera de un plagio sutilísimo.
¿Has visto mi respuesta mademoiselle,
te ha besado el bullicio que aprendiéramos
en la vieja catedral dosificada en cantos de luz?
Era el mes de los vaivenes, era un mar
quien se ufanaba en los números, su roja piel
arrugándose en tardes de sentirnos tan solos
que nos derrotaba nuestra reseca imagen.
Un aria lenta había tensado
sus arte más áspero a la vera de un remoto espíritu,
furtivas explosiones atábannos al mar

mojando el porvenir que inmolaríamos
con el gesto de un mimo.
Mademoiselle la de la húmeda estación
forraba su diario con un cántico
fermentado en la arena.
Rehacer el velamen, colocar el ayuno
sobre los pétalos del riesgo,
insistir mademoiselle, adeudar otra mirada al venenoso
       triunfo
y que sea quilla el blasón,
el dibujo que vemos abstenerse
en cada momento de la rudeza.

Aldeanos bajo el tilo

Convengo en que el temor me apaleaba los ojos.
Eran sorbos de sol que firmaban las plantas
de mirada escondida, reptaba la mies
y el aire leía en nuestras manos
con la lentitud del cometa.
Breves figuras del tiempo,
volar hacia uno mismo nos iba aproximando
a los predios de quién.
Pero un día extraviamos la estrella,
las espirales del mármol
y el rocío fulgente de las risas
eran otro pobre aplazamiento.
Ya entonces el miedo, su volumen adverso
andaba por mis ojos como por cielo enemigo.

Tras el cortante cansancio adivinamos por fin
la fruta,
una piel de claridades afinadas
en el peligro de que nos duela.
Rocío, la flauta, secuestrado el Pastor,
tenemos libertad para cansarnos
y soñar no es más ofensa que alejarse
ni siquiera la noche, su doble palma,
Dios mío.
La estrella espejea, suspiran sus líneas
en la nostalgia del báculo,
su reflejo es la sílaba serena
despacio por el ojo, el algodón
y la fruta que peina sus curvos paisajes,
que envasa los filos de la estrella.

Enhorabuena el vigía cavará en la arena.
Un dedo que se extingue sobre la arena de avellana
que le dice Invierno   Rapsoda
atrévete a los pájaros que retardaron la escribanía.
Quien escuche bien atestigua el correr de las músicas
que sostienen la roca   su oficio es traducir
matar o retirarse   bien no lo sé.
Si pongo la mano sobre lo pasado
puedo sentir una fiera   el agua dolorosa
de pospuestas zarpas   los ojos del rapsoda que
        sufres
relieves   relieves.
La nube se retira y la sed es mi ángulo
inmensas escrituras acezantes como las íntimas
        nubes de los légamos.
La cruda claridad se vuelve cóncava en la nube
y sentimos la luna   su plumaje hinchado.
Sabiamente nos vamos del dibujo
firmamos la cera como rápidos testigos.

Poema a la muerte del enemigo

Mi enemigo pasó como el cometa.
Lejos, helado y despacio
mientras la hoguera trashumaba incómoda,
como si también me odiara.
Yo quería acostumbrarme a mi enemigo.
Anularme en él,
anularlo en mí,
cualquier nulidad me restaba paciencia
y la mujer bogando lejos,
flor de dos cañones
a matarnos sucesivamente.
Mi enemigo explicándose mi muerte
como otro poema,
yo la suya como recién zarpada,
girando a perderse en el dorso del sol
y una mujer que mira el mar y en nada piensa.
Si existen el cielo y la tierra, existe el enemigo
y yo comento: *mi enemigo, menos mal.*
A la hora en que parte el enemigo
alguna ilusión se va con él.
Salve, *tristeza,* comento
y le pienso a la mujer una víspera, una lágrima.

El sol barre las sombras del pájaro
y no sé si es el pájaro o el sol
quien se aferra a las flores
y suscita mi arquetipo:
sediento, triste, metálico.
Rueda perfecto el día,
transeúnte que pierde el sentido,
que va serenamente a evaporarse.

Yacíamos mi amada y yo
en la casa paterna
y la noche ponía el resquemor
entre las sillas bañadas de polvo.

Nos daba tristeza la manera
en que el olvido silueteaba
las manos de mi madre.

Yo dije: no te duermas amada
que si la noche regresa
a comer de la casa
no sé si tenga valor para oponérmele.

Ahí está la gaviota   su silbato profundo
su ojillo escarpado que ha visto tantos barcos.

Plantada en la boya   pasada y futura
su silbato en picada sobre el mar.

Demasiada es el agua que cerca a la ciudad
la ciudad que necesita brea
y la gaviota enfrente   como un ángel.